Nun ja, gejagt wurde natürlich auch

Bernd Schwappacher

Nun ja, gejagt wurde natürlich auch

Eine Reise, gemeinsam mit meiner
Gattin, rund um die Welt.
Es begann in Tansania,
ging weiter in den Yukon,
dann in den Südsudan und
endete im schönen …

(Auflösung am Ende der Zeilen, lassen
Sie sich überraschen.)

Bibliografische Information der Deutschen Nationalbibliothek
Die Deutsche Nationalbibliothek verzeichnet diese Publikation in der Deutschen Nationalbibliografie; detaillierte bibliografische Daten sind im Internet über http://dnb.d-nb.de abrufbar.

© 2014 Bernd Schwappacher
Fotos: © Bernd Schwappacher
Umschlagdesign, Satz, Herstellung und Verlag:
BoD – Books on Demand
ISBN 978-3-7357-7139-1

Inhalt

Es begann in Ostafrika ...

1
Eine Schnapsidee bei Rippchen und Kraut 9

2
Anreise 13

3
Jagdcamp Ft. Ikoma 19

4
Der raue Alltag 25

5
**Aber so ganz ohne war die Sache
ja nun auch wieder nicht** 34

6
Begegnungen 51

7
Nachlese 56

... setzte sich fort im Yukon-Territorium ...

**8
Aufbruch in die Kälte** 62

... ging zurück zu den Wurzeln ...

**9
Südsudan, Hauptberuf Förster,
Wildhüter als Nebenjob** 80

... und endete ganz verrückt ...

**10
Jungjägerkurs unter erschwerten
Bedingungen in ...** 98

Es begann in Ostafrika ...

1
Eine Schnapsidee bei Rippchen und Kraut

Ein denkwürdiger Tag, der 11. März 2006, zumindest für mich. Volle 36 Jahre nach Beginn meiner ersten Reise nach Ostafrika meine Erlebnisse zu Papier zu bringen grenzt ja schon an Verwegenheit. Dies natürlich im Hinblick auf den in der Zwischenzeit ja schon massiven Verlust von Gehirnzellen. Sei es durch eigenes Verschulden, wie zum Beispiel übermäßige Zufuhr von Trauben- oder Hopfensaft, oder durch Fremdeinwirkung, wie zum Beispiel die äquatoriale Sonneneinstrahlung. So sitze ich nun in unserem Blockhaus im Odenwald, schaue im März (!) den Schneeflocken zu, sehe die Rehe zur Fütterung ziehen und sehe viel weißes Papier vor meinen Augen. Herr, steh mir bei!

Nie verspürte ich einen Drang nach Afrika. So ein wenig Abenteuerlust war ja vorhanden. Im stolzen Alter von 14 und 15 Jahren fuhr ich mit dem Fahrrad nach Paris und zur Weltausstellung nach Brüssel, aber Afrika mit den vielen Schlangen und übergroßen Kochtöpfen, nein danke. Die Elche in Schweden und Kanada, die endlosen Wälder des Nordens, da schlug das Herz schon höher. Doch heute fühle ich mich in Afrika so zu Hause wie im schönen Odenwald, und einst soll zumindest die Hälfte meiner Asche unter einem schon ausgesuchten Baum in der östlichen Masai Mara vergraben werden. Der alte Leberwurstbaum (so heißt er tatsächlich) wird mir Schatten spenden und die dicken Elefanten werden ihn hoffentlich noch lange als Mahlbaum nutzen, vom Leoparden in seiner Krone ganz zu schweigen. Aber das Ganze bitte nicht so schnell, zumindest solange mich das Jagdfieber noch beutelt,

Leopard, Masai-Mara, Kenya

meine Blätter nicht beschrieben sind, so lange mögen die Elefanten noch ohne meine Anwesenheit auskommen.

Doch nun der Reihe nach. Wir schrieben das Jahr 1970. Seit vier Jahren schon war ich ein richtiger Förster, jedoch ohne eigenes Revier. Beamter des Landes Hessen, tätig in einem Forstamt inmitten des Rhein-Main-Gebietes, Mädchen für alles: Holzverkauf, Lohnbuchhaltung, Wahrnehmung von Terminen, die sonst niemand wahrnehmen wollte. Aber Innendienst ist halt Innendienst. Selbst die guten Jagdmöglichkeiten auf starke Damhirsche und dicke Sauen konnten da nur bedingt trösten. Trübe Aussichten für die ersehnte Übernahme eines Revieres. Die Zahl der Förster überstieg die Zahl der Stellen bzw. der Reviere. Damals kein ernstes Problem, die Warteschleifen wurden halt etwas verlängert. Heute wird da etwas weniger zimperlich mit den Menschen umgegangen. Ruck, zuck wird der Förster zum Lehrer, zum Polizisten, verhaftet als Zöllner zur Hühnerfleischkontrolle am

Flughafen, aus der Traum vom Traumberuf. Ich wohnte mietfrei im Elternhaus, fünf Minuten vom Forstamtsbüro entfernt. Meine Frau war auf einer Bank tätig, auch nur fünf Minuten entfernt. Traumhafte Bedingungen, eigentlich.

Beim gemeinsamen Mittagessen, es gab Rippchen mit Sauerkraut, las ich ein wenig in einer Jagdzeitschrift, blätterte im Anzeigenteil.

»Edith, schau mal, was da steht.«

Sie: »Lies vor.«

»Suche Berufsjäger für Tansania, Ausbildung vor Ort.«

Danach folgten einige Bissen mit besagtem Rippchen, Kartoffelbrei und Sauerkraut.

Edith: »Würde dich so was interessieren?«

Es folgten weitere Bissen.

Ich: »Mh, äh, eventuell.«

Edith: »Dann schreib doch mal hin.«

Was soll ich sagen. Sie ahnen es bereits. Ich schrieb einen Brief, und nur wenige Tage später wurden wir bereits zu einem Kontaktgespräch in die Nähe von Koblenz eingeladen. Die Verwandtschaft meines künftigen Arbeitgebers sollte uns wohl ein wenig auf den Zahn fühlen. Dies wohl mit Erfolg, denn schon kurze Zeit später kam die Zusage aus Tansania. Zwei Jahre Tansania inklusive Hin- und Rückflug. 300 DM monatlich, Zelt und Verpflegung frei, das hat doch was!

Aber ich gebe es ja zu, es gab nun doch ein wenig weiche Knie, siehe Schlangen und die großen Kochtöpfe.

Das Beamtenrecht lässt unter bestimmten Bedingungen eine längere Beurlaubung ohne Bezüge zu. Die vorhandene »Försterschwemme« tat das Übrige und die Beurlaubung für zwei Jahre war nur eine Sache von wenigen Tagen.

Es blieb kaum Zeit zu packen. Vorsichtshalber wollte ich den Anfang alleine wagen, und erst wenn der »Nestbau« in trockenen Tüchern wäre, wollte ich Edith »einfliegen« lassen. Hört sich doch schon klasse an, einfliegen lassen. Wahnsinn!

Beim letzten Gespräch mit der Verwandtschaft erfuhr ich, dass ein weiterer Berufsjäger eingestellt sei und wir gemeinsam mit drei Jagdgästen die Reise antreten würden.

Meine Ausrüstung stellte ich konsequent auf die Großwildjagd ab. Sie bestand im Wesentlichen aus einem alten Lederkoffer, gefüllt mit möglichst grünen Klamotten. Bei der Bewaffnung wurde eine Brünner Bockflinte Kal. 12 gewählt. Einen gleichfalls guten Riecher für die Belange der Großwildjagd bewies, wie sich später herausstellte, der zweite Berufsjäger im Bunde. Er hatte eine Brünner BBF im Futteral, Kal. 12/70, 7 x 57 R. Von diesen gewaltigen Püstern später mehr.

2
Anreise

Die Anreise begann im Frühjahr 1970 mit einer Zugfahrt von Frankfurt nach Zürich, von dort sollte es dann per Flugzeug nach Nairobi in Kenia gehen.

In einem Telefonat verabredeten wir uns, mein Berufsjägerkollege und ich, wie folgt:

Frage von Ingo: »Wie erkennen wir uns im Zug?«

Antwort von mir: »Ich bin 1,90 m und habe einen Vollbart.«

Ingo: »Ich bin kleiner, auch mit Bart.«

Was wir zu dieser Zeit natürlich noch nicht wussten, es war der Beginn einer bis heute bestehenden Freundschaft. Zudem waren unsere Bärte, was wir natürlich auch noch nicht wussten, der Anlass für unsere Spitznamen, die man uns in Afrika umgehend verlieh. Ingo wurde zu Kidefu und ich wurde zu Masharubu. Auch die Bärte und Namen hielten bis zum heutigen Tag.

Im Zug dann die Witterung aufzunehmen war eine leichte Übung, es klappte auf Anhieb.

Am Flughafen in Zürich standen wir an den großen Fensterscheiben und blickten ehrfurchtsvoll auf die silbernen Donnervögel.

»Hier, schau, der Flieger wird's wohl sein«, sagte Ingo und zeigte auf eine vierstrahlige Maschine mit der farbenfrohen Aufschrift »East African Airways«.

Ein wenig später setzte sich der Vogel in Bewegung. Frei wurde der Blick auf ein Propellerflugzeug im waschechten Zebralook.

»Junge, Junge, das wird wohl doch nicht …?«

Doch, es wurde. Eine viermotorige Turbo-Prop-Maschine nahm uns auf. So circa 70 bis 80 Passagiere passten nach meiner Erinnerung wohl hinein, und sie wurde voll bis zum Anschlag.

Für heutige Tage geradezu unvorstellbar, was man 1970 unter Sicherheitsbestimmungen verstand.
Ingo und ich mit je einer Waffe in der Hand bzw. im Koffer, Munition im Handgepäck. Drei mitreisende Gastjäger mit je einer Büchse über der Schulter, Munition (reichlich!) im Handgepäck, und nicht einer fragte uns, wieso und weshalb wir »Krieg« führen wollten. Im Flugzeug standen die Gewehre neben unseren Sitzen, die Munition über unseren Köpfen und niemand interessierte sich eine Bohne dafür.

Wir saßen in den engen Sitzen und hatten mit unserem »alten« Leben abgeschlossen, auf zu neuen Abenteuern!

Dabei hatten wir aber das Gewicht der Maschine nicht in unserem Kalkül. Mit laufenden Motoren standen wir wohl eine halbe Stunde auf der Rollbahn. Einer der mitfliegenden Jagdgäste war Pilot im Zweiten Weltkrieg gewesen und versorgte uns mit Informationen zum Startvorgang: »Es ist noch zu warm in Zürich, der bringt die Kiste noch nicht hoch.«

Oder: »Schaut mal unter den linken Außenmotor.«

Jetzt, wo er es sagte, sahen wir auch den sich vergrößernden Ölfleck auf der Bahn. Er hätte ja auch den Mund halten können, nein, er musste uns den Ölfleck zeigen, es ging ja um ein Abenteuer!

Allein die Tatsache, dass ich jetzt an diesen Zeilen sitze, zeigt Ihnen, dass die Maschine Zürich ohne Probleme verließ. Nun ja, nicht ganz.

Kurz nach dem Start löste sich eine Abdeckleiste in Kopfhöhe und vibrierte ohne Pause, volle zwölf Stunden lang, gegen meinen Kopf. Dies wurde aber unter der Rubrik »Gaudi« verbucht.

Nach etwa zwei Stunden Flugzeit gab die Toilette etwa 1,5 m hinter uns den Geist auf, d. h., die Absaugung wollte wohl nicht mehr absaugen, was zu erheblicher »Turmbildung« führte. Für die Nasen schwer zu ertragen, wurde das Problem auf einfachste Art gelöst. Nach jedem neuen »Türmchen« kam eine wunderschöne afrikanische Flugbegleiterin und nebelte mit einem Duftspray »Türmchen« nebst Umgebung ein. Noch heute könnte ich unter hundert Duftmischungen diese Mischung erkennen.

Der Flug in nur ca. 6000 m Höhe war alles andere als ruhig. Zudem sollte noch ein Tankstopp in Bengasi/Libyen eingelegt werden. Doch daraus wurde nichts. Eine Durchsage vom Cockpit zu diesem Thema hielt uns bei Laune: »Liebe Passagiere auf unserem Flug nach Nairobi! Unser Bordingenieur hat errechnet, dass wir zum Auftanken nicht in Bengasi landen müssen. Der vorhandene Treibstoff dürfte bis Nairobi reichen, gute Winde machen es möglich.« Jetzt kamen unsere inneren Fürbitten in einen Zwiespalt. Für die Winde außerhalb der Maschine hofften wir auf kräftigen Nord-, sprich Rückenwind, im Inneren der Maschine auf Süd-, sprich Gegenwind, der »Türmchen« wegen.

Erstmals betrat ich afrikanischen Boden, der berühmt-berüchtigte Großwildjäger mit seiner 12er-Doppelflinte. Mein erster Eindruck, es machte offensichtlich keinerlei Eindruck. Aber ganz ehrlich, mir war es doch wichtiger, dass wir den Flug gut überstanden hatten und dass uns jemand am Airport in Nairobi fürsorglich in Empfang nahm.

Ganz auffallend, die ganz überwiegende Zahl der Leute am Airport, außerhalb dann natürlich auch, war rabenschwarz, und alle sahen sich auch so verdammt ähnlich. Diese Wahrnehmung änderte sich jedoch sehr schnell. Es begann naturgemäß beim weiblichen Geschlecht, wobei mir immer ein Satz eines Kollegen im Südsudan – wo ich vier Jahre später »stranden« sollte – in Erinnerung bleiben wird. Er kam als Junggeselle in unser Aufforstungsprojekt und wollte dies auch bleiben. Dabei spielte wohl auch eine gewisse Abneigung gegen die Afrikaner eine Rolle, zumindest am Anfang seiner Arbeit. Er wolle sich niemals mit einer Frau dieses Landes einlassen, so seine Worte. Eines Tages der Satz aller Sätze: »Merkst du es auch, sie werden jeden Tag etwas heller!« Inzwischen ist er glücklich verheiratet, natürlich mit einer Afrikanerin, was sonst!

Die Fahrt ins »Revier« führte uns knapp 400 Kilometer durch Kenia nach Tansania. Ein unglaublicher Wechsel der Landschaften. Zum ersten Mal sah ich Bananenstauden, die ich ja noch auf Anhieb erkannte. Bei den Papayabäumen war das Wissen schon am Ende, selbst die Kaffeesträucher wurden zu Teesträuchern. Nach den ersten zwei Stunden brummte mir schon der Schädel und dies nicht nur von der Höhenlage der 2700 m hohen Kante des Rift Valleys, des ostafrikanischen Grabens. Es war überwältigend, schier unglaublich, was bereits nach circa 50 Kilometern nordwestlich von Nairobi zu sehen war. Kurzgrassteppe und darauf Wild, Wild und dazwischen noch mehr Wild. Dazu ein Chef, welcher beim Anblick der ersten »Trophäenträger« sofort mit der Ausbildung begann. Also zuerst der Name der »Biester« in Englisch und Deutsch, dazu – natürlich – in Suaheli. Dann: Wer von den beiden Geschlechtern hat Hörner oder gar beide? Und ab wie viel Inch ist eine Trophäe eine Trophäe für die Wand? Zum Glück ging es meist nur um die Länge, auf Punkte wurde verzichtet, ein Glück! Aber ich sage Ihnen, bis 15.00 Uhr meines ersten Tages waren mir mindestens 20 jagdbare Wildarten unter die Augen gekommen, darunter erkannte ich blitzschnell 10 % – das Zebra und den Elefanten!

So um 15.15 Uhr ganz nebenbei die Landesgrenze von Kenia nach Tansania überschritten, welche die Grenze bildet zwischen dem Masai-Mara-Wildschutzgebiet in Kenia und dem Serengeti-Nationalpark in Tansania. Zusammen ein Schutzgebiet von circa 16 600 km².

Kurz darauf die ersten Elefanten in einem kleinen Wäldchen. Jürgen, unser Lehrprinz, scheuchte alle aus den Autos, auch die Jagdgäste. »Auf, Leute, kleines Anpirschen auf Elefant.« Die Waffen blieben, wir waren ja noch inmitten eines Nationalparks, natürlich im Fahrzeug. Ich bekam von Jürgen eine 16-mm-Filmkamera erheblichen Gewichtes in die Hand gedrückt und sollte die Pirsch ein wenig filmen. So mit circa insgesamt sechs Jägern zogen wir in Richtung Busch, schon geduckt und in Linie. So gegen 15.30 Uhr änderte sich dann die Schlachtordnung in Sekundenschnelle. Wir waren wohl noch 50 bis 80 m von der kleinen Elefantengruppe entfernt, als einer dieser nichtsnutzigen

Kerle mal prüfen wollte, wie schnell deutsche Jäger mit Filmkamera und ohne Gewehr wohl rennen können. Und wie sie sausten, sogar der berühmt-berüchtigte Großwildjäger mit Kamera schaffte die 100 m zum Auto in sicherlich ganz knappen elf Sekunden. »Das war ganz harmlos, nur kleiner Scheinangriff«, so Jürgen wörtlich, als die Türen des Autos wieder geschlossen waren.

Bei der Abfahrt in Nairobi bekamen wir noch ein kleines Päckchen auf das Dach eines Toyota-Geländewagens gepackt, was insbesondere in der staubtrockenen Serengeti für Aufsehen sorgte. Eine klitzekleine Segeljolle zierte unser Dach, vom Auto selbst war kaum noch etwas zu sehen. Eine Sache, die bei den heutigen Straßenzuständen schon in kürzester Zeit zum Totalschaden geführt hätte. Was waren die Sandpisten im Jahr 1970 doch so gut. Eine ständige Instandhaltung ließ eine Reisegeschwindigkeit von 70 bis 80 km/h zu. Heute riskiert man Kopf und Kragen dabei, Stoßdämpfer sowieso.

Nun, der Dachträger war wohl doch ein wenig zu schwach auf der Brust, und so kam, was kommen musste. In der Heimat hätte man nun ein Problem, nicht so in Afrika, wie ich sehr schnell lernte. In jedem Auto wird reichlich »Verbandzeug« in Form von Sisalstricken und aus alten Schläuchen geschnittenen Gummibändern mitgeführt. Damit wurde das Boot, so gut es eben ging, verzurrt und verkeilt. Alle Insassen legten dann noch während der Fahrt Hand an, d. h. Arme aus dem Fenster und festhalten, was das Zeug hielt. Dann gab es wieder ein Lernprogramm der rauen Art, auch genannt »learning by doing«. Dies besagt, dass man nicht ungestraft als Grünschnabel seine helle Haut der Äquatorsonne aussetzen soll, insbesondere nicht, wenn der Fahrtwind so angenehm kühlt. Alle betroffenen »Bootshalter« werden künftig nie mehr Ähnliches tun und ganz sicherlich nicht im T-Shirt. Die Arme sahen aus wie aufgeplatzte Rindswürste, und die schönsten Rindswürste hatte der, Sie ahnen es, berühmt-berüchtigte Großwildjäger! Das Boot wurde später auf die gleiche Weise, dann natürlich ohne Sonnenbrand – wir sind ja clever – in südwestliche Richtung bis zum

Kilimandscharo (5896 m) verbracht, eine Reise auf dem Autodach von etwa 750 Kilometer Sandpiste. Es sollte dort am Fuße des Mt. Meru (4565 m), eines Nachbarberges des Kilimandscharo, in einem privaten Tierpark mit kleinem See als Attraktion dienen. Diese Funktion hielt aber nur kurze Zeit, dann bekam die Jolle Beine und verschwand in den Weiten Afrikas.

3
Jagdcamp Ft. Ikoma

Einige strohgedeckte Rundhütten, eine Schule mit Wellblechdach. Eine kleine Duka – gut übersetzt mit »Kiosk« –, geführt von Paula. Es gab Bier, Seife unverpackt in Würfelform, Tomaten in Dosen sowie Zigaretten im Päckchen und einzeln. Nicht zu vergessen die Kerzen, Petroleum und Streichhölzer. Bezahlt wurde jede Ware einzeln, es sei denn, man hatte Paulas Vertrauen und dann durfte man selbst addieren.

In einigen Kilometern ein kleiner Hügel mit einem Wasserturm und ein weiterer Hügel mit altem Gemäuer, ein verfallenes Fort vom alten Lettow-Vorbeck aus unserer Kolonialzeit. Dieses Fort wurde gerade zu einem Hotel der Luxusklasse aufgebaut. Architekt ein Hotelier aus Österreich. Es sei vorweggenommen. Hut ab dafür, dass er vom Bauen so viel Ahnung hatte wie eine Kuh vom Fallschirmspringen, das Ergebnis war traumhaft und eines der schönsten Hotels, die mir je zu Gesicht kamen. Auch dies sei vorweggenommen, es wurde in späteren Jahren vom Militär des Landes übernommen und an die Wand gefahren.

In etwa 1000 m vom Hügel des Forts entfernt nun unser Camp, bestehend aus einem nach vorne offenen Gebäude, natürlich mit schönem Strohdach. Im Inneren König Arthurs Tafelrunde und, man höre und staune, ein gemauerter Tresen, unsere Buschbar. Dazu im Hintergrund ein einfach gemauerter Küchenbereich mit Kochstelle unter freiem Himmel. Das Frischfleisch gleich daneben, hängend an einer dicken Akazie. Im direkten Blickfeld der Messe ein Rasenplatz mit Lagerfeuer. In 150 m

1970, Bergung eines Buschbockes im Grumeti-River (r. Verfasser)

der immer wasserführende Grumeti und das Zeltcamp unserer Mannschaft. Die Zelte der Gäste und unsere Zelte verteilten sich dazwischen, immer den Schatten der Fieberakazien nutzend. Zur Grenze der Serengeti waren es nur wenige Kilometer und zum Viktoriasee (68 800 km$_2$!!) nur etwa 70 Kilometer. Infolge bestehender Besiedlung wurde im nordwestlichen Teil der Serengeti ein beachtliches Stück nicht dem Nationalpark zugeschlagen, sondern als Jagdgebiet ausgewiesen. Ein Unterschied im Wildreichtum zwischen Park und Jagdgebiet bestand nicht.

Wir mussten uns jedoch mit den einheimischen Jägern arrangieren, die natürlich alle Register zogen und ihre Feldfrüchte heil nach Hause bringen wollten. Wobei ihre Jagd mit Pfeil und Bogen (auch Giftpfeilen!) sowie Speeren für uns nur geringe Bedeutung hatte. Richtig gefährlich für uns war ihre Schlingenstellerei. Ganze Waldstücke wurden mit Schlingen jeder Stärke verdrahtet. Ungezählte dieser Folterinstrumente wurden von uns abgebaut und in einem tiefen Stollen einer alten deutschen Goldmine versenkt. Giraffen mit eingewachsenen Schlingen an den Beinen, Elefanten mit abgerissenem Rüssel, schreckliche Bilder. Mit Fangschüssen konnten wir viele von ihnen erlösen. Zudem bestand die latente Gefahr, dass ein solches Tier seinen vermeintlichen Peiniger auf die Hörner nimmt. Ein Büffel mit einem bereits eingewachsenen Stahlseil um den Träger griff ein Auto von uns ohne jede Vorwarnung an. Bei einer Fußpirsch sind solche Begebenheiten das Salz in der Suppe.

Die afrikanischen Mitarbeiter von Jürgen kamen aus allen Teilen Tansanias und auch Kenias. Zu Hause lebten sie von der Landwirtschaft und betrieben die Jagd quasi als Nebenerwerb. Vom Ort Ikoma zählten noch der Skinner Sanai, Beka als Serviceman und Mongabo als Fährtensucher zur Mannschaft. Dazu eine kleine Episode mit Skinner Sanai, den ich 24 Jahre später in Ikoma noch einmal traf.

1970, Einwohner von Ikoma

1994 fuhr ich auf einer Rundreise von Nairobi über Arusha in Richtung Viktoriasee, um von dort in einem Abstecher nach Nordosten wieder zum Ausgangspunkt Nairobi zu kommen. Wichtigster Anlaufpunkt sollte jedoch Ikoma sein, wo 24 Jahre vorher mein Abenteuer Afrika begann. Die kleine Duka gab es nicht mehr, aber ich erkannte noch das Haus und fragte dort nach den drei ehemaligen Mitarbeitern. Große Enttäuschung, Beka sei auf Besuch in der Nähe des Viktoriasees, Sanai im Nachbarort und Mongabo im Himmel. Schade, aber es half nichts, wir mussten bei Tageslicht den See erreichen.

Etwa zehn Kilometer noch ging alles wunderbar, dann ein mittlerer Albtraum, die Hinterachse des alten Toyotas löste sich auf, Ende der Reise inmitten von Nichts. Wir waren zu fünft, Fahrer Maina aus Kenia, meine Frau sowie ein Kollege von mir nebst Gattin. Beide waren erstmalig in Afrika und dann so was! Maina und ich machten uns zu Fuß auf den Weg zurück nach Ikoma. Auf halber Strecke sammelte uns ein Überlandbus auf, in selbigem der Rest unserer Mannschaft nebst Gepäck und dem gesamten Werkzeug aus unserem Auto – sicherheitshalber! An den ersten Hütten von Ikoma ließen wir uns absetzen und erlebten Afrika pur. Wir staunten nicht schlecht, auf den Wellblechdächern waren Solarstrommodule montiert. Aus den Häusern kamen zwei Frauen, nahmen uns wie selbstverständlich auf, organisierten und fuhren mit zwei von uns dann bezahlten Wächtern zu unserem Toyota, bauten ein Zelt (!) für uns auf und schlachteten zur Feier des Tages ein Huhn für uns. Sie organisierten einen uralten Landrover ohne Tank – den man ja auch nicht braucht, solange der Beifahrer die mit Benzin gefüllten 5-Liter-Speiseöl-Flaschen aus der schwedischen Entwicklungshilfe zwischen den Beinen verklemmt und die Ansaugleitung zum richtigen Moment in die nächste volle Flasche steckt, bei der ein nicht mehr vorhandener Deckel durch Gras ersetzt wurde. Da Fahrer- und Beifahrertür ohne Schlösser waren, wurde ein Strick von der einen zur anderen Tür gespannt, und schon waren die Türen zu. Beim Blick auf die Reifen bzw. deren Überreste

Sonnenuntergang, Masai-Mara, Kenya

wäre ein deutscher Polizist laut und vernehmlich in Ohnmacht gefallen und der TÜV hätte wegen Zwecklosigkeit seine Auflösung in die Wege geleitet. Selbiger Landrover fuhr dann unseren Fahrer zur etwa 80 Kilometer entfernten Grenze der Serengeti zur Masai-Mara, d. h. Grenze Tansania/Kenia. Von dort konnte er dann per Funk Hilfe aus Kenia organisieren. Am dritten Tag unseres Malheurs kam dann die Rettung in Form einer Hinterachse, verstaut auf einem weiteren Toyota. Beide gehörten meinem Freund Franz, der in Kenia ein Safariunternehmen besitzt. Franz, an dieser Stelle nochmals unser aller Dank für diese tolle Logistikleistung. Schlappe 400 Kilometer hatte die Achse hinter sich, und knappe zwei Stunden nach Ankunft war sie eingebaut und unser Wagen wieder flott.

Die schönste Überraschung geschah jedoch am Morgen nach der ersten Nacht im Zelt. Wie ein Geist stand plötzlich Sanai, der Skinner aus Ikoma, vor mir und strahlte über alle Backen. Die 24 Jahre seit unserer letzten Begegnung waren wie ein Tag. Wir umarmten uns und mussten ganz ordentlich mit den Tränen kämpfen. Er hatte schon am Abend vorher von unserer Panne gehört und schwang sich gleich beim ersten Licht auf seinen chinesischen Drahtesel der Marke »Taube« und kam – und dies mit nur einem Pedal am Rad – zu uns. Die Gastfreundschaft der beiden Frauen und das Lachen von Sanai bleiben haften, es ist die warme Seite Afrikas.

Noch ein Satz zu den beiden Frauen. Ihre Ehemänner waren unterwegs in Sachen Wildlifemanagement in den Randgebieten der Serengeti, daher auch das Zelt und die Solarstromerzeugung für ihre Computer.

4
Der raue Alltag

Zwischenzeitlich verwandelten wir uns ganz allmählich in »White Hunter«. Wörtlich zu nehmen natürlich das Wort »White«. In unseren vom Chef finanzierten neuen olivfarbenen Outfits erkannte uns jeder auf gut hundert Meter als blutige Anfänger. Dieses »White« war anfänglich wirklich so was von »white«, um nicht zu sagen »käs-white«. Aber die Sonne (und der Staub) machten uns langsam zu Einheimischen, zu »residents«. Wir bekamen natürlich auch eine Jagdlizenz als *residents*, durften also auch ganz legal auf eigene Faust jagen. Zudem wurden nun auch unsere eigenen Püster ersetzt durch Büchsen bzw. Doppelbüchsen, bei denen man eher – beim Blick in die Mündung – an 20er-Flinten dachte, aber doch nicht an eine Büchse. Eine 458.Win.Mag., deren Läufe nicht so ganz Loch in Loch schossen, deren Läufe aber auch schon mal auf einmal losgingen, veranlasste mich zu folgendem Eintrag in mein Tagebuch:

2. August 1970
  L. braucht für 2 Gnus 10 Schuss 7 x 75 v. H. 11 Gr., Blattschuss, 30 Minuten Verfolgung. Meine 458 hat gedoppelt, bekam Tritt von einem Gaul! Fangschuss dann mit Vollmantel durch 40 cm dicke Akazie, dahinter fiel Gnu um.

Als zweite Waffe stand eine mit herrlicher Gravur versehene Doppelbüchse Kal. 475 No. 2 zur Verfügung. Mit zehn von diesen »Spargeln« im Patronengurt war ein schnelles Fortkommen doch schon stark eingeschränkt. Frisch angekommene Jagdgäste fragten des Öfteren, mit

Blick auf die an der Wand hängenden Büchsen, was wir denn so in Afrika mit diesen kleinen Flinten schießen würden. Für die Jagd auf Großwild bzw. auch für den Berufsjäger waren 9.5 mm (.375) unterste Grenze.

Auch zu der Doppelbüchse ein Eintrag in meinem Tagebuch, jedoch zuerst die Vorgeschichte.

Wir bemerkten direkt im Camp einen Büffel mit einer Keulenverletzung. Büffel an sich waren regelmäßig in der Nacht Gäste zwischen unseren Zelten, wo sie mit Vorliebe auf den frisch gemähten Rasen zur Äsung zogen. Nicht-nur-Büffel-Tagebucheintrag vom 4. August 1970: *Hyänen haben heute Nacht die Butter vom Tisch geklaut.* Häufig musste unsere Mannschaft mit bewaffneter Eskorte zu ihrem Camp geleitet werden. Konnte Ingo der Büffel wegen keinen Schlaf finden, so benutzte er die Füße eines mit holländischen Kacheln belegten Tisches (wie mag der wohl dorthin gelangt sein?) als Wurfgeschosse. Morgens stakste er dann durch das Gras auf der Suche nach Tischbeinen! Nur, dieser verletzte Büffel begann, kleinere Bäume und Büsche durch häufiges Scheuern seiner Wunde zu malträtieren, zudem fanden wir auch abgestreiften Schweiß. Beim Anleuchten konnten wir eine Wunde erkennen und tippten auf einen abgebrochenen Pfeil bzw. eine Pfeilspitze. Die Sache konnte also gefährlich werden und wir beschlossen, ihn zu erlegen. Doch leichter gesagt als getan. Alle Zelte waren mit Gästen belegt, es musste also der absolute Schuss sein, und dies zur Nachtzeit.

Am Tage kamen die Büffel nicht in die Nähe des Camps. Dazu der Eintrag vom 1. November 1970.

Gegen 22.00 Uhr sind Büffel im Camp, alter Toyota mit drei Reifen und einer blanken Felge war zwischen den Zelten aufgebaut. Haji, Eduard, Edith und ich pirschten zum Auto, hatten die Büffel jedoch schon hinter dem Auto. Edith fuhr, wir auf der Ladefläche. Ca. 30 Minuten lang hatten wir sie im Strahl der Taschenlampen, auch den kranken, konnten jedoch nicht schießen. Fuhren immer mit dem Auto hinter den Büffeln her, zwischen den Zelten, den Duschen und Toiletten. Gegen 23.00 Uhr stand der kranke Büffel breit, linke Hand Taschenlampe, rechte Hand 475. No. 2, schoss auf 8 bis 10 m auf den uns zugewandten Kopf, lag im Feuer. Haji schoss mit 7 x 64 vorbei, Schuss unterhalb linkes Auge. Auto als Wache beim Büffel wg. Hyänen, Haji schlief zur Sicherheit im Führerhaus.

Montag, 2. November 1970
Büffel mit Toyota aus den Büschen gezogen, Fleisch scheinbar nicht verwertbar, sah käsig und etwas schwammig aus, besonders um die Wunde herum. Wurde 300 m weiter gezogen und von den Geiern verspeist.

Die Ausbildung vor Ort war kurz und schmerzlos und stand unter dem Grundsatz »learning by doing« und nach wenigen Pirschfahrten wurden wir auf die Jagdgäste losgelassen. Schießen konnten wir eh, und dass es auch gefährlich werden konnte, war allen bekannt. Doch die Spätfolgen dieses Aufenthaltes inmitten der Savanne waren mir nicht bewusst. Man muss ja auch nicht alles wissen. Erst bei meiner späteren Arbeit von 1974 bis 1976 im Südsudan wusste ich, was ich dem Camp am Rande der Serengeti verdanke.

Eine wunderbare Zeit, ein wunderbares Jahr in einem kleinen Zelt unter einer Schirmakazie. Doch es gab auch Dinge, auf die ich rückblickend nicht sehr stolz bin. Nicht alles, was wir taten, war mit den Gesetzen vereinbar. Die entgeltliche Trophäenjagd ist von Natur aus wohl schon ein wenig belastet. Es besteht die sehr reale Gefahr, dass sowohl der Anbieter als auch der Kunde, sprich Jäger, die Moral ein wenig schleifen lassen. Ich habe mein Leben, wenn Sie so wollen, als Berufsjäger verbracht. In Afrika, in Kanada und gut 25 Jahre als Forstbeamter in großen staatlichen Eigenjagdbezirken. Ich habe Jahr für Jahr Jagdgäste geführt, viele Soldaten der USA darunter. Ich habe viele Reviere von »innen« kennengelernt und Jahr für Jahr meine Meinung von dem ach so gelobten deutschen Jagdwesen, seinen Jägern und Funktionären ein wenig nach unten revidiert. In höchstem Maße gilt dies, wenn Hörner ins Spiel kommen, Hörner zum Beispiel, wie sie der Rothirsch trägt, dann wende ich mich ab und weine bitterliche Tränen.

Die Trophäenjagd stellt für mich eine absolut hinnehmbare Art der Landnutzung dar, sofern folgende Punkte beachtet werden. Ich beziehe mich hierbei auf die Jagd in Afrika, ausgeübt in freien Revieren oder auf Farmen.

Sie schafft Arbeitsplätze, so um fünf bis zehn bei der Jagd vom Zeltcamp aus, gegebenenfalls sogar mehr. Gleiches gilt für reine Jagdfarmen. Ist Viehzucht Haupteinnahmequelle, dann läuft die Jagd nebenher und schafft weniger Arbeitsplätze.

Präparation und Versand der Trophäen schaffen Arbeitsplätze. Wird die in den Jagdgebieten bzw. an den Rändern lebende Bevölkerung an den Einnahmen der Abschusskosten beteiligt, sie trägt in der Regel auch die gesamte Last der Wildschäden, und erhält sie das Fleisch, ja dann bekommt die Jagd das Prädikat »sehr gut«.

Nun, wir lieferten einen erheblichen Teil des erlegten Wildbrets an der Schule in Ikoma. Die Schulkinder sorgten für die Verteilung. Eine

1970, Schule in Ikoma

prima Sache, doch der andere erhebliche Teil fiel den Geiern, Hyänen und Löwen zu. In einen kleinen Toyota passt eben kein ganzer Büffel, und nicht immer konnten wir die Schule bei Tageslicht erreichen, also wieder nichts. Von den Abschusskosten ganz zu schweigen, da lief alles in den großen Topf und von dort in dunkle Kanäle. Dies lag jedoch nicht in unserer Verantwortung. Durch die Herstellung von Trockenfleisch ließe sich auch in abgelegenen Gebieten eine Fleischnutzung organisieren. Nur um eine Trophäe zu besitzen, sollte man keinen Raubbau an der Natur begehen.

Auch mit der Moral war das so eine Sache, und mit Ruhm habe ich mich auch nicht bekleckert. Wenn man eine bis zwei Wochen lang einen Mähnenlöwen mit täglich frischem Wild beglückt, so bewegt er sich am Ende der ersten Woche noch maximal 20 Meter, in der zweiten Woche noch fünf Meter. Er schnappt sich sein Impala, zieht es in den Schatten und frisst, bis die Schwarte kracht, gemeint ist natürlich seine eigene Schwarte. Er wird einen Teufel tun und diesen goldenen Platz verlassen. Sein Pech: Der extra für ihn eingeflogene Jagdgast landet neben dem Camp, steigt in den Geländewagen, fährt zum Mähnenlöwen, »erlegt« ihn, fährt zurück, speist gut, großes Schulterklopfen, Heimflug – und alles zum Festpreis. Zu Hause noch gewaltigeres Schulterklopfen in Verbindung mit dem dreifachen Waidmannsheil!

Zugegeben, ich habe es damals etwas nachsichtiger gesehen (ich war ja auch Beteiligter ...), bin aber heute der Meinung, dass doch etwas aus dem Ruder läuft, etwas, was mit Anstand zu tun hat. Alles zielt nur noch auf die Trophäe, beim Bock ja noch im Rahmen, beim Hirsch schon außerhalb jeder Realität. Der Futterhaufen vor der Kanzel, ganz alltäglich. Menge und Art des Futters meist außerhalb der Legalität. 90 % der praktischen »jagdlichen« Arbeit bestehen im Futtertransport. Bei den Wilddichten und dem Verbiss wird gefeilscht, dass sich die Balken biegen. Bei 10 bis 20 Stück Rotwild je 100 ha jault nur der Waldbesitzer, der Rest streitet alles ab, verniedlicht die Schäden und vertröstet auf das nächste Jahr. Ihr Jäger, wo seid ihr gelandet? Ihr habt euer Handwerk verlernt, seid Futtermeister geworden, schade, schade. Und wehe, es wagt einer von einem absoluten Fütterungsverbot zu sprechen, ein Paria, Nestbeschmutzer, die Pest an seinen Hals.

So, ordentlich draufgehauen, jetzt geht's mir wieder besser. Zurück nach Afrika.

Dem Himmel sei Dank, dass es 1970 noch üblich war, Briefe zu schreiben. Sie erinnern sich noch an diese Zeit? Viele sind zum Glück noch erhalten und machen diese Zeilen überhaupt möglich. Auch mein Tagebuch, leider mit nur knappen Schilderungen, ist noch erhalten. Ein Großteil der Begebenheiten, der lustigen wie der weniger lustigen, tauchte so wieder auf. So musste ich einmal den Hotelier und Architekten der Ft.-Okoma-Lodge mitten im Busch aussetzen, nur im kurzen Hemd und kurzer Hose, mit dem Versprechen, ihn einen Tag später wieder einzusammeln. Er wollte mit sich und der Natur einmal ins Reine kommen oder so ähnlich. Ich habe ihn am nächsten Tag wieder eingesammelt, dies im wahrsten Sinne des Wortes. Er war mit der Natur im Reinen, selbige aber nicht mit ihm und spuckte ihn rundweg wieder aus, zerkratzt, zerstochen und halb erfroren. Seine unvergesslichen Worte bei der Begrüßung: »Ich bin vielleicht ein Depp!« Dieser Spaß war über viele Jahre komplett in meinem Gedächtnis gestrichen und tauchte erst wieder beim Stöbern in den Briefen an der Oberfläche auf. Nicht jedoch die folgende Begebenheit, sie ist quasi unvergesslich.

Eine Nacht im Freien, ohne Wasser, ohne Decke, ohne Feuerzeug, in T-Shirt und kurzer Hose, Temperatur nahe dem Gefrierpunkt, das hat etwas wahrhaft Heroisches an sich. Mit anderen Worten, die Sache war so überflüssig wie ein Kropf.

Wir waren zu dritt im kurzen Toyota unterwegs, um Leopardenluder zu kontrollieren. So 32 Kilometer vom Camp entfernt, auf einer Safari südlich des Kilimandscharo, als es passierte. Wir kamen von einem präparierten Leopardenbaum, passierten eine baumlose, leicht versumpfte Senke, durch die wohl einige Tage vorher eine Elefantenherde gezogen war und tiefe Fußabdrücke hinterlassen hatte. Die Sonne trocknete den feuchten Boden aus und es verblieben knallharte Schlaglöcher *made by elefants*. Also kleinster Gang und Allrad, *hakuna matata*, kein Problem, dachten wir. Es folgte das kurze Abwürgen des Motors und dann die Feststellung, dass die Sch...-Batterie nicht mehr wollte. Normalerweise kann man mit drei Mann so ein Auto auch anschieben, aber nicht in einer solchen steinharten Kraterlandschaft. Wir waren, wie immer, nur in erstklassiger Ausrüstung unterwegs, wie zum Beispiel

Schaufel: Fehlanzeige
Axt: Fehlanzeige
Wasser: Fehlanzeige
Feuerzeug: Fehlanzeige
Decke/Zelt: Fehlanzeige.

Für die Rundumverteidigung hatten wir aber eine alte 7-x-64er-Büchse dabei, immerhin. Es wurde gelost, wer bleibt beim Auto und bewacht die Reifen. Aus den Reifen werden üblicherweise die Sandalen der Massai geschnitten und Massai waren in der Nähe, alles klar? Ich zog das Bewachungslos und freute mich wie ein Schneekönig, dass ich die 32 Kilometer nicht laufen musste, oh ich Ahnungsloser!
Ingo und Fährtensucher Mangangi zogen das »Lauflos« und meisterten die Strecke in neun Stunden mit der 7 x 64 in der Hand. Etwa um Mitternacht erreichen sie das Camp und stellten fest, dass unser zweites Auto nicht da war. Jürgen kam mit ihm erst gegen 2.30 Uhr nach neun Plattfüßen (!!) im Camp an. Ingo rein ins Auto und los und gleich im Nebel verfranzt. Also zurück zum Camp und beim ersten Tageslicht erneuter Anlauf mit Ankunft bei mir so gegen 8.00 Uhr. Im Gepäck dabei eine Flasche Bier und ein Sandwich, hurra, hurra!
Einige Worte zur Übernachtung im Auto und um das Auto herum. Was ich nicht hatte, ist bereits aufgezählt. Doch einen echten Buschmann erschüttert rein gar nichts, Erfindungsgeist ist seine wahre Stärke. Aus einer im Auto vorhandenen Frauenzeitschrift (»Jasmin« – ich versichere, sie stammte nicht von den Buschmännern ...) und reichlich vorhandener Gummilösung (s. Plattfüße!!) wurde eine Decke geklebt. Sie

hielt meist nur minutenlang, aber die, zumindest gefühlte, Temperatur darunter stieg um ein bis zwei Grad an. Weiterhin wurde der Rest einer Rolle Toilettenpapier um die Knie und um den Kopf- und Halsbereich gewickelt. So überstand ich die Nacht, anfangs noch im Laufschritt um das Auto herum, dann im beschriebenen Outfit in eine Ecke des Autos gekauert, echt cool! Hätten mich dort die Massaikrieger gesehen, sie wären vermutlich erst am Indischen Ozean zum Stillstand gekommen.

Die ersten Sonnenstrahlen erreichten mich stehend auf dem Dach des Autos, Hände nach oben der Sonne zu. Ein Jahr später, im Yukon, überstanden wir Nächte im Zelt bei minus 25° C, alles kein Problem, aber diese Nacht in der Savanne bleibt mir in stetiger Erinnerung. Niemals vorher und niemals nachher habe ich mir so den Hintern abgefroren, und dies in Afrika!

Um bei uns im Hauptcamp in Ikoma nicht vorkommende Wildarten zu bejagen, insbesondere den Großen Kudu, zogen wir in die Massaisteppe und bauten dort unsere Zelte auf. Der Name Massaisteppe sagt es ja schon, es hat dort Massais und selbige waren täglich Gäste in unserem Camp. Stark geplagt von entzündeten Augen, Husten und Schnupfen, suchten sie bei uns ein wenig Hilfe und drehten uns natürlich auch ihren schönen Schmuck an. Soweit wir konnten, halfen wir mit Lutschtabletten und Aspirin. Geschwüre an Beinen wurden eingesalbt und verbunden.

So weit, so gut, es kam aber auch noch dicker. Eine junge und sehr hübsche Massaifrau stand vor mir und machte sich oben frei und deutete an, dass sie Brustschmerzen habe. Himmel, wir schrieben das Jahr 1970 und ich war ganze 26 Lenze jung! Also, ich verzichtete auf eine weitergehende Untersuchung und versuchte es mit Aspirin.

Gedanken um unsere Gesundheit machten wir uns eigentlich nicht, dazu hatten wir auch keine Zeit, und hatten wir mal Zeit, was zwischen den einzelnen Safaris ja vorkam, so gingen wir für uns jagen oder lagen am herrlichen Pool der Ft.-Ikoma-Lodge nur wenige hundert Meter von unserem Camp entfernt. Dort konnten wir den Touristen herrliche Schauermärchen aus der lebensfeindlichen afrikanischen Wildnis erzählen, von den menschenfressenden Löwen rundum und wir mittendrin! Damit haben wir uns so manches Bier ergattert ...

Junger Büffel, Masai-Mara, Kenya

5
Aber so ganz ohne war die Sache ja nun auch wieder nicht

Am 25. August geschah im Camp ein zum Glück nicht allzu schlimmer Unfall. Im Camp war, da noch nicht schulpflichtig, der jüngste Sohn des Chefs als »Dauergast«. Zu Besuch kam der größere Bruder aus dem Internat. Große Freude allseits und immer mit viel Schwung um das große Küchenfeuer herum. Dabei fiel der ältere von beiden in voller Länge rückwärts in die Glut des Feuers und verbrannte sich den gesamten Rücken. Bevor ich es verhindern konnte, hatte unser Koch in allerbester Absicht den Rücken mit Öl und Mehl verarztet. Wir reinigten den Rücken und trugen ordentlich Brandsalbe auf. Dazu die Eltern nicht im Camp, und so steht man da als großer Samariter und hadert mit dem Schicksal. Bis zum nächsten vertrauenswürdigen Hospital ca. 350 Kilometer, es war bereits dunkel, die Durchquerung der Serengeti bei Nacht verboten und deshalb auch nicht ganz ungefährlich, man hätte uns für Wilderer halten können. Also warten bis zum ersten Licht, im Toyota mit Matratzen und Kissen eine Liege gebaut und Frank in Bauchlage die 350 Kilometer nach Arusha ins Hospital gefahren. Es ging alles glimpflich ab. Gott sei Dank. Der kleine Bruder, genannt »Hamster«, war mit seinen vier oder fünf Jahren unser Dolmetscher der Anfangsphase. Er sprach Englisch, Deutsch und sehr gut Suaheli. Er verbrachte seine Zeit am liebsten am Feuer der Mannschaft und er ist dabeigeblieben. Er wurde wie sein Vater Berufsjäger und sitzt heute noch immer am abendlichen Lagerfeuer in Tansania.

Sein Bruder Frank kam nach meiner Kenntnis vor einigen Jahren bei einem Autounfall in Südafrika ums Leben.

Ingo war ein absoluter Draufgänger und für jeden Blödsinn zu begeistern. Er lebt heute, etwas ruhiger geworden, nach einem abenteuerlichen Leben ohnegleichen, im wunderschönen Schottland. Natürlich noch immer der Jagd verbunden.

Beseelt von einer enormen Sammelleidenschaft schleifte er bei, was nicht schnell genug Boden gewinnen konnte. Schöne Steine, Giftpfeile und Speere sind ja in Ordnung. Bei Schlangenhäuten muss man ja zuerst die Schlange haben, da wird es schon spannender. Schmetterlinge sind dann wieder in Ordnung. Raupen, so meinte er, wären doch auch in Ordnung! Ich warnte ihn, doch vergeblich. Was soll ich sagen, er lief tagelang mit Händen herum, die in Form und Größe an einen Toilettendeckel erinnerten. Eine wunderschöne Raupe hatte Widerhaken an den Haaren, die Haare mit Widerhaken waren giftig, gingen aus der Haut der Hände nicht mehr raus, brachen ab und entzündeten sich zum Klodeckelformat. Glauben Sie, er hätte nun aufgegeben? Nein, ganz im Gegenteil.

Eines Tages kam er etwas kleinlaut zu mir: »Ich habe eben festgestellt, dass ich rote Würmer im Stuhlgang habe.«

Das war natürlich Wasser auf meine Mühlen: »Ich habe dir doch schon immer gesagt, steck deine Griffel nicht überall hinein.«

Kleinlaut schlich er von dannen, um eine Stunde später umso lauter zu lachen, als ich ihm von meinen Würmern erzählte, die ich bei einem »Test« entdeckte.

Unsere Hausapotheke war jedoch sehr gut bestückt, da viele unserer Jagdgäste ihre Reiseapotheke bei ihrer Heimreise dem Camp überließen. Mit dem gefundenen Wurmmittel wurde dann eine erfolgreiche Behandlung durchgeführt.

Ingo gehört zu den Menschen, die aus einer Blechbüchse im Notfall einen Panzer bauen können. Entsprechend gern fuhr er Auto, Motto: Wenn ich es zu Bruch fahre, dann kann ich es auch wieder heile machen. Da mein handwerkliches Können da einige Lücken aufweist, fahre ich natürlich etwas vorsichtiger und stehe als Beifahrer gerne auf der nicht vorhandenen Bremse.

Ingo fuhr mit einem Jagdgast als Beifahrer, einem Beamten der Jagdbehörde und mir auf dem Rücksitz auf die Pirsch. Um dem Jagdgast – und seiner Kamera – die erste kleine Büffelherde möglichst hautnah zu präsentieren, fuhr er voller Übermut und volle Kanne so nahe an die flüchtenden Büffel, dass diese in den Aschenbecher des Autos hätten schauen können. Tolle Bilder wurden aufgenommen, wohl wahr. Ich schaute aus der hinteren Dachluke und versuchte zu bremsen: »Ingo, mach langsam!« Ingo: »Jippie, jippie.«

Ich konnte ihn nicht bremsen, dies tat die tiefe »Kellerwohnung« eines Warzenschweines. Ich sah das Loch kommen, rief noch: »Achtung!«, und tauchte nach unten ab.

Die Schadensmeldung lautete dann wie folgt:

> Auto: Radstand »leicht« verändert.
> Jagdgast: Einen Finger vom Gewehrlauf auf der Fensterbrüstung geplättet.
> Beamter: Zwei Rippen gebrochen.
> Erzähler: Prellungen rundum.
> Fahrer: Keine besonderen Vorkommnisse.

Carancha, ein lieber und immer hilfsbereiter Mitarbeiter unserer Crew, war als Mädchen für alles tätig. Alleine der Wassertransport vom Fluss zur Küche, zu den Duschen der Gäste beschäftigt eins bis zwei Leute, Wasserleitung unbekannt. Er war immer mit von der Partie, wenn wir mit kleiner Ausrüstung in andere Jagdgebiete zogen. Er klagte schon vorher über Zahnschmerzen und wurde von uns mit Schmerztabletten versorgt. Ein geschwollener Oberkiefer legte deutliches Zeugnis ab von seinen Schmerzen. Bei einer dieser meist ein- bis zweiwöchigen Safaris stellte sich dann heraus, dass Carancha teilweise taub geworden war und unter Gleichgewichtsstörungen litt. Daran war dann wohl auch unsere Unbekümmertheit – unsere Dummheit – nicht ganz unbeteiligt.

Der Ausbruch der Cholera zwang uns kurzfristig zu einem Flug nach Nairobi zur dort möglichen Schutzimpfung. Franz, ein aus dem schönen Bayern stammender Buschpilot, flog uns mit seiner kleinen, viersitzigen Maschine direkt vom Camp nach Nairobi. Das Hotel in unserer Nachbarschaft unterhielt eine kleine Piste, die wir benutzen konnten. Ein starkes Gewitter wurde umflogen, alles im grünen Bereich. Ich saß hinter dem Piloten und bemerkte, dass er seine Maschine mal nach rechts und mal nach links abkippte und nach unten peilte.

»Was ist los, Franz?«, fragte ich ihn.

»Hm, hm«, war die Antwort.

Nach einigen Minuten die gleiche Prozedur, kippen nach links, kippen nach rechts, Anpeilen des Bodens, gleiche Frage, gleiche Antwort. Einzige Neuerung, Franz begann erkennbar zu schwitzen. So langsam dämmerte es mir, er hatte sich verfranzt, der Franz! Für einen Profi sicherlich kein ernstes Problem, für mich aber schon. Auch ich begann verstärkt mit dem Transpirieren. Doch schon kurz darauf: »Hoh, hoh, die alte Blechhütte da unten an der Wegkreuzung kenne ich.« GPS war damals noch nicht erfunden, da mussten Blechdächer herhalten.

Ein Tagebucheintrag:
18. September 1970. Ankunft Jagdgast Thomzig. Beim Einsprühen des Zeltes kleine Mamba totgetreten.

Es war einer der wirklich wenigen direkten Zusammenstöße mit Schlangen. In den Höhenlagen über 1500 m – Ostafrika hat viele davon –, mit den oft sehr kalten Nächten, gibt es wohl alles, was Afrika an Schlangen zu bieten hat. Doch sie machen sich rar und nur zufällig bekommt man sie zu Gesicht. Viele Jahre später begleitete ich einen bayrischen Forstkollegen auf eine Büffelsafari nach Kenia. Wir saßen uns beim Frühstück unter freiem Himmel gegenüber und ich lehnte mich nach dem Frühstücksbrei zufrieden und satt zurück und sah unter dem Stuhl meines Freundes eine Schwarze Mamba sitzen. Ich glaube, ihm sitzt der Schreck noch heute in den Knochen. Aber mit etwas Ruhe und ohne hastige Bewegungen lässt sich die Sache bereinigen. Etwas mehr Kontakt zu Schlangen bekam ich im Südsudan, wo ich von 1974 bis 1976 in einem Aufforstungsprojekt arbeiten durfte. Höhenlage nur etwa 500 m mit ca. 700 mm Niederschlag im Jahr. Aber auch in diesen zwei Jahren wurde mir nur ein Schlangenbiss bekannt. Ein liebenswerter älterer Herr wurde, nach erfolgtem Biss in den Fuß, huckepack per chinesischem Fahrrad, genau der Marke »Taube«, aus 20 Kilometer Entfernung zu unserer Station gebracht. Sein Bein abgebunden, die erschlagene Puffotter am Gepäckständer festgebunden und als »Beweismittel« sichergestellt. Wir packten den armen Kerl in unser Auto und standen, nebst unserem Schlangenserum, 20 Minuten später im kleinen Hospital von Yei. Ein in Russland ausgebildeter Arzt, trinkfest und Jäger (!), stellte die Diagnose: »Wenn er bis jetzt überlebt hat, dann passiert auch nichts mehr.« Er behielt ihn aber noch zwei Tage im Hospital und schickte ihn dann zu Fuß die etwa 30 Kilometer nach Hause. Der liebe Kerl machte jedoch noch einen kleinen Umweg über eine Versuchsfarm der englischen Entwicklungshilfe, klaute dort die zwei schönsten Ananas und brachte sie uns als Dank für unsere Hilfe. Es waren die schönsten Ananas unseres Lebens.

Bei einigen Begebenheiten war es nicht ganz klar, ob sie zum Weinen oder zum Lachen waren.

Zuvor noch einige Worte zum Toilettensystem im Camp. Die Wasserspülung wird ersetzt durch einen Sandhaufen, welcher zwangsweise entsteht, sobald man ein Loch in den Boden gräbt. Über besagtem Loch wird ein hölzerner Sitz, zerlegbar und mit Aussparung in der Mitte versehen, aufgestellt. Alles zusammen wird durch Schilfmatten umstellt und fertig ist die nicht einsehbare Buschtoilette. Ist die Grube »aufgefüllt«, so wird einen Meter daneben die gesamte Prozedur erneut vollzogen und fertig ist die original Gemeine-Busch-Wandertoilette.

Eines Abends kam aus der Dunkelheit ein Jagdgast von besagter Toilette zu uns an die »Hausbar«. Zum Chef gewandt: »Ihr seid mir Kerle,

warum habt ihr mir nicht gesagt, dass ihr einen Köter im Camp habt? Das Biest wollte nicht aus der Toilette raus, ich musste ihm erst in den Hintern treten.«
Wir: »Ein Hund?«
Er: »Ja, und was für einer!«
Es dauerte einige Sekunden, bis wir den richtigen Durchblick hatten. Der gute Mann hatte natürlich keinen Hund aus der »Gemeinen-Busch-Wandertoilette« gejagt, nein, es war eine schlichte Hyäne gewesen. Dies hätte im wahrsten Sinne des Wortes auf der Toilette in die Hose gehen können und in Würdigung der gewaltigen Kiefer des Tieres auch noch durch die Hose hindurch!

Wir hatten heftige Probleme mit diesen Tieren. Natürlich bedingt durch die vielen frischen Trophäen im Camp, wozu natürlich auch die bei uns vorpräparierten Decken zählten, welche alle die entsprechend positiven Duftnoten verteilten. So mancher Büffelschädel musste morgens in der Umgebung nachgesucht werden.

Selbst vor der abends auf dem Tisch vergessenen Butterdose machten sie nicht Halt. Wir sannen auf Rache, auf Vergrämung, Hauptsache, sie mieden unser Camp. Wir stellten eine einfache Kastenfalle auf und beköderten sie mit etwas Fleisch. Keine zwei Stunden später war die erste Hyäne am Fleisch. Haji, mein Fährtensucher, pirschte sich (im weißen Nachthemd!) heran und durchsiebte sie regelrecht mit seinen Pfeilen. Mächtiges Gezeter bei den Hyänen, Hurra bei den Beteiligten. Folge: Die Hyänen benutzten weiterhin das Camp als Aufmarschgebiet, als wollten sie uns sagen: »Jungs, wir waren vor euch da«, was ja auch nicht von der Hand zu weisen ist.

Auch so manche Pirsch barg, besonders rückblickend und mit viel Abstand betrachtet, doch ein gewisses Restrisiko.

Ingo zog an einem wunderschönen Sommertag (was natürlich blödes Geschwätz ist, da es in dieser Gegend der Erde nur schöne Sommertage gibt, allenfalls verregnete Sommertage, immerhin!) zur Jagd. Alleine und zu Fuß, seine gewaltige BBF mit dem ebenfalls enormen 7-x-57er-Kugellauf.

Umgehängt einen Brotbeutel der Bundeswehr, selbiger gefüllt mit einer Flasche Wasser.

Zurück kam er mit seinem ersten Büffel.

»Ich hab mich so nahe an ihn rangeschafft, bis ich ihm genau von vorne auf die Platte schießen konnte, bauz, und schon lag er.«

Bauz, und dann nur angekratzt, da wäre die Story wohl etwas länger ausgefallen.

Was Ingo kann, das kann ich doch schon lange. Ich schnappte mir Haji sowie die 458 Win.Mag. Beides stand mir zu, schließlich war ich älter und zweitens auch verheiratet.

Von einem Hügel aus sahen wir so 20 bis 30 Büffel auf der anderen Seite des Grumeti River. Wir pirschten uns am Galeriewald des Grumeti entlang, bis wir genau gegenüber den Büffeln waren, um einen alten Bullen in aller Ruhe ansprechen zu können. Eine nicht ganz einfache Sache, da die alten Herren meist in kleinen Grüppchen oder gar alleine auftreten. Zudem ist es schwierig, sich an eine größere Herde heranzupirschen, was ja auch beim Rotwild nicht anders ist, eine blöde Kuh peilt bestimmt zum unpassendsten Moment in die noch unpassendere Richtung. Doch ganz schnell war ein gewaltiger Bulle (dachte ich!) am linken Rand ausgemacht. Sauber angebackt, bauz, noch mal bauz, und ab ging die Post. Beim zweiten Schuss sah ich eine kleine Staubwolke vor der Keule, den Einschlag der ersten Kugel konnte ich nicht erkennen. Haji spurtete sofort los, er hatte für alle Fälle den alten 7-64er-Repetierer dabei. Ich spurtete im Abstand von 50 Metern hinterher, die schwere 458 in der Hand und den Patronengürtel voller »Schwergewichte« – Geschossgewicht um 33 Gramm! Da wir durch den Fluss spurten mussten, hatte ich noch ordentlich Wasser gefasst (Schuhgröße 47).

Haji hatte die Fährte und rannte, was die Füße hergaben. Warum wir diese Nachsuche nicht in aller Ruhe angingen, ist mir nie so richtig aufgegangen, vermutlich wollte er sehen, wo sich der kranke Büffel einschob, er hatte Sichtverbindung zur Herde und konnte bzw. hoffte, den zurückbleibenden bzw. ausscherenden Büffel zu erkennen. Das Gelände war absolut offen, das Gras abgebrannt und so alle 100 bis 200 Meter waren kleine Inseln mit grünem Buschwerk, so etwa 10 x 10 m, in der Landschaft verstreut, alle 50 bis 100 Meter eine Akazie in Oberarmstärke. Ich trat mir schon bei jedem zweiten Schritt auf die Zunge, erschwerend natürlich die schon erwähnte Füllung meiner Schuhe mit Flusswasser. Hier ist zu erwähnen, dass Haji Sandalen aus alten Autoreifen trug, was ihm wohlwollend gerechnet zehn Sekunden Vorsprung einbrachte.

Haji verhoffte aus vollem Lauf, Blickrichtung in eine etwas links von ihm liegende Buschinsel. Er riss seine 7 x 64 hoch, ein Schuss ging in die Buschinsel und schon stand der Büffel, den ich erst nach diesem Schuss sah, keine 20 Meter vor Haji. Anstatt zu repetieren, warf er die Büchse zur Seite und war mit wenigen Sprüngen in der Krone einer wohl sechs bis sieben Meter hohen Akazie, die Krone bestehend aus 50 % Ästen und 50 % Dornen! Ich stand etwa 70 bis 80 Meter brettelbreit vom Geschehen entfernt und wurde als letzter Feind des Büffels, der vorletzte Feind saß sicher in der Akazie, zum Sündenbock. Ich schoss im wahrsten Sinne des Wortes aus allen Rohren, die ersten zwei Schüsse noch auf die Breitseite – ohne jede Wirkung – sieben oder acht Schüsse dann von vorne auf den angreifenden Büffel. Ganze zehn Meter vor mir fiel er dann zur Seite und erhielt noch einen letzten Fangschuss, sicher ist sicher. Eine komplette (1!) Patrone war noch übrig und volle zehn Einschüsse konnten wir zählen. Dass ich mir bei dieser Kanonade den rechten Zeigefinger im Gewehrverschluss eingeklemmt und ein schönes Stück »Wildbret« dabei verloren hatte, merkte ich erst, als alles vorbei war und ich mich über den vielen »Schweiß« am Gewehr und am Schützen wunderte. Dass der Büffel zum Jungvolk gehörte und einen Helm noch so weich wie Wachs hatte, sei nur am Rande erwähnt. Stolz wie Könige zogen wir in Richtung Camp, Haji mit dem Haupt des Büffels im Genick, ich unsere Waffen in der Hand und ein Büffelfilet über der Schulter, und keiner hat ein Bild von der einlaufenden wilden Jägerei gemacht!

Einige Zahlen zu unserer Büffeljagd im Allgemeinen. Unter meiner Führung wurden von Gästen elf Büffel erlegt, vier davon mit je einem Schuss, zwei mit je zwei Schuss, ein Büffel mit drei Schuss. Ein Büffel mit vier Schuss, zwei mit je sieben Schuss, ein Büffel mit zehn Schuss. Davon ist ein Büffel mit einer 7 x 64 erlegt worden und dies mit einem Schuss und er fiel mausetot um. Doch dies sollte nicht zum Übermut verführen. Sitzt der erste Schuss nicht absolut im Leben – zum Beispiel Treffer auf dem Rückgrat –, dann wird die Sache wahrlich ernst.

Ein fast nicht zu glaubendes Erlebnis aus unseren ersten Wochen, in denen wir noch bewaffnete Beobachter waren. Von zwei alten Bullen wurde einer beschossen und lag im Feuer. Wir standen um den Büffel herum, großes Schulterklopfen und Aufnahmen mit einer Polaroidkamera, der Schütze voller Freude hinter dem mächtigen Helm des Recken. Alles spielte sich auf einer leichten Anhöhe ab und die Fährtensucher konnten den zweiten Büffel beobachten, wie er sich, nur noch als Punkt erkennbar, in einem Waldstück einschob. Mit dem zweiten Gastjäger wurde dieser Büffel angepirscht und ohne Probleme erlegt. Wir zogen unsere zwei Fahrzeuge in gebührendem Abstand hinterher und es folgte erneutes Schulterklopfen, Aufnahmen mit der Polaroid und Versorgung des Büffels. Nach etwa einer Stunde am zweiten Büffel fuhren wir zum Büffel No. 1 zurück, um die Trophäe und einen Teil des Wildbrets zu bergen. Nun ja, wir fanden den Platz, wo der Büffel einmal gelegen hatte, wir fanden auch die Abziehfolie des Polaroidbildes, nur der Büffel blieb verschwunden. Daher rührt wohl auch der Spruch, dass die toten Büffel die gefährlichsten Büffel sind. Ein Fangschuss auf den Rücken ist die beste Lebensversicherung. Das blitzartige Zusammenbrechen von Wild im Schuss ist immer mit Vorsicht zu genießen, egal ob Rotwild, Rehwild oder Schwarzwild. Es kann immer auch ein Krellschuss sein, deshalb mein Rat, immer draufbleiben und den Finger am Drücker. Die Zigarette danach kann ruhig einige Minuten warten.

Dazu noch ein Eintrag aus meinem Tagebuch vom 17. September 1970:
Fleischjagd für die Schule in Ikoma. Auf 80 m Gnu mit 7 x 57 H-Mantel. Bulle macht Salto rückwärts und wirft noch einen weiteren Bullen um. Handbreit über Blatt, etwas vorne, Ausschuss. Matthias, Mangangi und Haji gingen zum Auto, um die Messer zu holen. Ich stand 5 bis 6 m mit der Bockbüchsflinte daneben, geladen mit 12er-Brenneke. Urplötzlich sprang

der Bulle auf und wollte mich über den Haufen rennen. Aus der Hüfte ging der Schuss auf den Stich.

Was ich mit der Brenneke im Lauf im Schilde führte, erschließt sich mir heute leider nicht mehr. Normalerweise luden wir Schrot, der schmackhaften Perlhühner wegen. Aber besser Brenneke, als von einem Bullen mit seinen gut 200 Kilogramm über den Haufen gerannt zu werden.

Perlhühner und Trappen kamen reichlich vor und waren ausgesprochen beliebt auf unserem Speisezettel. Sie wurden meist auf dem Rückweg zum Camp »erschossen«. Der Schütze saß auf der Motorhaube und schoss die in selbstmörderischer Absicht vor dem Auto herlaufenden Hühner. Ganz einfach, fast!

Einmal setzten sich einige Hühner in eine kleine Buschinsel ab und zeterten von dort wie die Weltmeister, natürlich wegen uns, dachten wir! Ich schnappte mir eine Flinte und wollte unserem Koch etwas Arbeit mitbringen. Ein Jagdgast stieg ebenfalls aus. »Ich geh mal mit und schau mir deine Hühnerjagd an.« – »Okay, bleib schön hinter mir«, sagte ich. Vorweg sei gesagt, dass dieser liebenswerte Jäger an einer Muskelschwäche litt und nur sehr langsame Schritte machen konnte. Als ich mit ihm mitten in den Büschen stand und auf aufsteigende Hühner spekulierte, stand plötzlich ein Nashorn vor uns auf, ein richtiges Nashorn, kein Perlhuhn. Ich: »Zurück zum Auto, so schnell du kannst«, mit 3-Millimeter-Schrot als Absicherung ging ich rückwärts aus den Büschen. Es war ein anständiges Nashorn, es akzeptierte unsere Flucht, ohne nachzukarten. Am Auto angekommen, schaute mich der Jagdgast leicht schräg von unten an und sprach: »Mit dir gehe ich nicht mehr auf die Hühnerjagd.«

Er war zusammen mit zwei Freunden im eigenen Flugzeug angereist. Nach meiner Erinnerung waren sie eigentlich in Sachen Holz in Zentralafrika unterwegs. Sie werden mir in sehr positiver Erinnerung bleiben, nicht nur, dass es feine Jäger waren, nein, sie waren auch großzügig und schenkten mir zum Abschied ein Leitz Trinovid, damals für mich eine Anschaffung weit außerhalb meiner »Leistungsfähigkeit«. Es begleitete mich bis zu meinem Ruhestand im Jahr 2004 und gab beim Umzug dann seinen Geist auf.

Zurück zu den Nashörnern, sie waren immer für eine Überraschung gut. Ausgehend von ihrer Größe sollte man sie ja eigentlich nicht übersehen können, denkt man so! Nun ja, ich habe es geschafft, dazu in sicherer Entfernung jede Menge feixende Zuschauer.

Wir fuhren mit zwei Autos zur Frühpirsch und versuchten einige alte Büffel auszumachen. Von einem Hügel aus sahen wir auch eine kleine Herde in etwa 800 bis 1000 Meter Entfernung. Dazwischen nur sehr wenig Deckung, aber so hundert Meter vor den Büffeln eine kleine Gruppe von Akazien mit einem rötlichen Termitenhügel dazwischen. Würden wir diesen »Hügel« erreichen, so könnte es klappen. Ich pirschte mit meinem Gast im Gänsemarsch und tiefster Gangart Richtung Termitenhügel, die Büffel absolut ruhig. Das zweite Auto blieb mit dem Rest der Mannschaft auf dem Hügel und spielte »Beobachtung der Schlachtordnung«. Eine sehr schweißtreibende Pirsch, immer gebückt und nach der kleinsten Deckung suchend, dabei tunlichst auf jeden Seitenschwenk verzichten. Wir schafften es auf 10 bis 20 Meter an den rötlichen Termitenhügel heran. Doch was tut selbiger, er steht auf und mutiert zum Nashorn, schön mit rotem Staub gepudert. Büffel ade! Wir standen senkrecht und absolut still, mit der Waffe im Anschlag, kein dicker Baum in erreichbarer Entfernung. Ganz, ganz vorsichtig legten wir den Rückwärtsgang ein, immer das Nashorn im Blick und den Finger am Drücker. Nun ja, es hatte sich in Nashornkreisen wohl herumgesprochen, dass wir erstens anständige Jäger sind und zweitens auch keine Nashornlizenz hatten. Es drehte sich um, zeigte uns den gepuderten Hintern und trollte von dannen. Das Gelächter der Mannschaft auf dem Hügel höre ich noch heute!

Eine ähnliche Situation erlebte ich mit einem deutschen Jagdgast, der seine Kaffeefarm in Guatemala für eine Safari in Tansania vertauschte. Mit von der Partie war seine in Deutschland lebende Schwester, selbige so hübsch und nett, dass die Jagd fast zur Nebensache wurde. Wir hatten zwei halbzahme Meerkatzen im Camp und sie brachte es fertig, eine davon in einem Bastkörbchen durch alle Zollschranken bis nach München zu schmuggeln. Wir drei gingen, besser: latschten durch das fast trockene Bett des Grumeti und nannten es auch noch pirschen! So alle 200 bis 300 Meter erklommen wir vorsichtig das etwa vier bis fünf Meter hohe Ufer, um nach Wild Ausschau zu halten (deshalb pirschen!). Als wir wieder unsere Leiber über die Kante wuchteten, sahen wir die Bescherung. Nur 20 bis 25 Meter vor uns wuchteten sich ihrerseits so circa zehn Löwen jeden Kalibers aus dem kurzen Gras in volle Positur. Hätten wir erst mal nur unsere Köpfe über den Rand gewuchtet, so hätten wir sofortigen Rückzug einleiten können, nein, wir mussten uns voll zur Schau stellen. Sofort die Waffen hoch und langsam und rückwärts wieder die Böschung runter. Unten angekommen tiefes Durchatmen und weiterer Rückzug. In sicherer Entfernung erste Gespräche und weiteres Durchatmen. Was die – friedlichen – Löwen nicht wussten, wir eigentlich auch nicht, keiner von uns hatte eine Patrone im Lauf! Alleine mit unseren stählernen Blicken haben wir die Bestien auf Distanz gehalten, gut gemacht, Jungs!

Häufig wurden die Jagdgäste mit kleinen Buschflugzeugen vom Wilson Airport in Nairobi direkt in unser Camp geflogen. Meistens kam Franz, ein Freund von Jürgen, mit seiner Maschine zum Einsatz. Als echter bayerischer Bierbrauer kam er nach Kenia, wurde Pilot und Berufsjäger und lebt noch heute in seiner neuen Wahlheimat.

Beim Anflug gab es erst eine tiefe Schleife über unser Zelt, um die Ankunft anzuzeigen und um zu sagen: »Ich bin da, treibt mir mal schnell die Zebras von der Piste.«

Wir lebten ohne jeden Funk- oder Telefonkontakt zur Außenwelt, und es funktionierte prima! Wie sieht es heute aus? Mitten in der schönsten Pirschfahrt der Aufschrei: »Stopp, mein Handy hat drei Balken!!«

Doch zurück zur Maschine. Angekündigt war ein bekannter Bankier aus Köln. Mit ihm sollte sein Jagdaufseher anreisen. So weit, so gut.

Ingo und ich räumten auf die Schnelle die Landepiste und checkten sie auch auf frische Erdhügel, Sie wissen ja, wo ein Hügel ist, da ist auch das dazugehörige Loch. Franz schwebte sachte an uns vorbei.
Ingo: »Der Jagdaufseher scheint lange, blonde Haare zu haben.«
Ich: »Du könntest recht haben.«
Franz rollte vom Ende der Bahn zurück, Tür auf, Gast und Jagdaufseher entstiegen der Maschine. Ingo hatte recht, lange und blonde Haare, Vorname Inge.

Dies hatte uns natürlich nicht zu interessieren, aber wir hatten ausreichend neuen Gesprächsstoff. Wie gesagt, keine Zeitung, kein TV, kein Telefon, da war es doch, als fiele für uns Manna vom Himmel, zumindest für uns. Für den Bankier natürlich nicht. Da fliegt er in die hinterste Kante Afrikas, um mit seinem »Jagdaufseher« Inge einige schöne Tage zu verbringen und sich bei ihm für die langjährige Revierbetreuung zu bedanken, und dann so was.

Die Welt ist ein Hühnerstall, und zwar ein recht kleiner. Mit im Camp war noch ein »Hahn« aus Köln, wohnte ganz in der Nähe des Beständers, kannte ihn natürlich und war bass erstaunt, dass selbiger zwei Jagdaufseher hat. *Inge was his name!*

Sie glauben, so was passiert nur alle 25 Jahre, weit gefehlt.

Es folgt zuerst eine kurze Beschreibung des Umfeldes. Das Gebiet um den oft schneebedeckten Mt. Meru (4565 m) wurde als Pachtjagd von einem aus Ungarn stammenden Jäger und Schweißhundeführer bejagt. Beteiligt war noch ein deutscher Jäger, welcher tragischerweise durch eine angreifende Elefantenkuh ums Leben kam. In diesem unglaublich schönen Bergrevier mit seinen natürlich eingesprengten Grasflächen, den schier schwindelerregend hohen Kanzeln in den mächtigen Urwaldriesen – und der Blick von dort zu dem nur etwa 50 Kilometer entfernten Kilimandscharo absolut grandios. Ganz in der Nähe die Farm der berühmten Frau Trappe, später noch bekannter geworden durch Aufnahmen für den Film Hatari mit John Wayne und Hardy Krüger, welcher längere Zeit dort lebte. Dazu die schon erwähnte wunderschöne Lodge am Fuße des Berges, wo unsere Segeljolle Beine bekommen hat.

Hier machten wir Station, wenn eine Ladung Trophäen zum Präparator musste. Vom Camp 350 Kilometer zum Präparator nach Arusha, Übernachtung bei Dr. Nagy (mit warmer Dusche!!) und am nächsten Tag 350 Kilometer zurück, ganz überwiegend Sandpiste.

In selbiger Lodge befand sich ein arg gestresster Journalist einer süddeutschen Zeitung. Gerade von seiner Frau verlassen, hatte er kurz entschlossen seine Koffer gepackt und war nach Tansania geflogen, wollte Abstand gewinnen. Er war sogar Jäger, aber dies war wohl im Moment nicht sein Ding, Abstand gewinnen, Hormonspiegel senken, genau so.

Ich kam so gegen 15.00 Uhr in die Lodge mit ihren vier kleinen Blockhäusern für die Gäste, hatte gerade meine Trophäen abgeliefert und wurde sofort in Beschlag genommen: »Bernd, du musst den Dr. G. sofort aus dem Verkehr ziehen.«

Ich, ganz verdattert: »Wie denn, was denn, wo brennt's?«

Dr. Nagy: »Wir haben gerade ein Telegramm bekommen, Text: ›Ankomme 16.00 Uhr in Begleitung, gez. Frau G.‹«

»Sakra!«, würde man wohl in Bayern sagen. Da kommt die Frau mit ihrem neuen Freund ausgerechnet nach Usa-River in diese Miniaturlodge, nicht ahnend, wer da gerade Stress und eventuell auch Rachegelüste abbaut.

Also, wir faselten etwas von einem gewaltigen Leoparden, fuhren schnurstracks zum Ansitz ins Revier und kamen so um 20.00 Uhr zurück. Alles war geregelt, es kam nicht zum Showdown.

Nun ja, es klingt ja alles ein wenig lustig, war es aber in keiner Weise. Selten ist mir jemand begegnet, der so neudeutsch »down« war. Ich hatte nur seine Waffe im Blick, er schien zu jedem Irrsinn bereit und wäre wohl auch mit blanken Händen einem Leoparden an die Wäsche gegangen.

Da fällt mir noch eine kleine Geschichte zum Thema Zufall ein. Im Jahre 1970 flog man normalerweise sehr ansprechend gekleidet, Damen mit Hut und die Herren im Anzug waren normale Erscheinungen. Cargohosen in Tieflage, bauchfreie Tops und Ähnliches waren unbekannt.

Nun, drei Jagdgäste waren im Anmarsch, zwei in der ersten Buschmaschine, der dritte in der zweiten Maschine. Warum zwei Flugzeuge für nur drei Gäste, ist mir entfallen. Die erste Maschine landete, das bewährte Empfangsduo fuhr zur Piste und nahm Haltung an. Zwei Herren im schwarzen (!) Anzug und Schlips stiegen aus, noch etwas blass um die Nase. Diese kleinen Kisten wackeln manchmal ganz unverschämt und sind nicht mit den dicken Brummern zu vergleichen. Die Blässe war also nichts Ungewöhnliches.

Ich: »Ingo, die sehen aus, als hätten sie eine Molkerei zu Hause.«

Ingo: »Du könntest recht haben.«

Fünf Minuten später im Camp trippelten die Herren von einem Bein zum anderen: »Wo bleibt denn Karl, er ist doch direkt hinter uns gestartet?«

Jürgen: »Keine Bange, er kommt bestimmt, hier fällt keiner runter.«

Die Gäste nach weiteren zehn Minuten: »Jürgen, können Sie nicht mal anrufen, wo die Maschine bleibt, vielleicht ist sie wieder zurückgeflogen.«

Anrufen! Wir mussten erst tief durchatmen, um nicht zu lachen. Das nächste Telefon war wohl 70 Kilometer entfernt am Viktoriasee. Jetzt merkten sie, dass sie in Afrika angekommen waren, und sie wurden noch ein wenig blasser. Wenige Minuten später erreichte die zweite Maschine unser Camp und alle Probleme waren vergessen.

Damals reifte die Schnapsidee bei uns, einen alten Münzfernsprecher an die Wand zu dübeln und ein Kabel gut sichtbar aus der Wand an das Gerät zu verlegen. Die Idee scheiterte, wir fanden keinen Münzfernsprecher.

Und Sie werden es nicht glauben, doch es ist die Wahrheit, sie hatten eine Molkerei!

Ich erwähnte ja schon die Fahrten zu den Präparatoren, entweder knapp 400 Kilometer nach Nairobi oder 350 Kilometer nach Arusha. Für uns eine beliebte Abwechslung und die Möglichkeit, auf Geschäftskosten in einem richtigen Bett zu schlafen, den eingestaubten Körper in einer Badewanne (!) einzuweichen, ein *chicken sandwich* zu ordern und eine große Flasche Sprudelwasser – ganz ehrlich, Sprudelwasser – abzustürzen, welch unglaublicher Luxus nach acht Stunden Rüttelpiste! Das Auto war beladen mit gesalzenen Fellen, mit bereits trockenen Köpfen, aber auch mit Büffeln der letzten Jagdtage, notdürftig abgekocht noch immer Lebensraum für Maden aller Art. Besagte Köpfe kamen auf das Autodach, was bei normaler Fahrgeschwindigkeit kein Problem darstellte. Anhalten war da schon schwieriger, da kam so einiges von oben runter, immer der Schwerkraft folgend und immer in Richtung offenes Fenster. Denkwürdig auch bei Durchquerung der Serengeti die teils staunenden und teils weniger freundlichen Blicke der Fototouristen beim Anblick unserer Fracht.

Es war übrigens die Zeit der Wachablösung von Landrover in Afrika. Toyota übernahm sehr souverän das Zepter mit, man höre und staune, 4,5-Liter-Motoren und sechs Zylindern bei drei Gängen plus Untersetzung. Sperren gab es keine, und so saß man halt ein wenig früher im Wasserloch fest, dafür aber um Klassen bequemer. Der Verbrauch lag so etwa bei 16 Litern pro 100 Kilometer, eigentlich für solche dicken Benziner im überwiegenden Geländebetrieb nicht über Gebühr hoch. Noch heute in bester Erinnerung der 2. Gang, mit ihm konnte man anfahren, schnell fahren, langsam fahren, im Gelände fahren, fast so gut wie eine Automatik. Zu den, im Gegensatz zum Landrover, fehlenden Sperren noch ein Eintrag aus meinem Tagebuch vom 1. Oktober 1970:

Abfahrt 10.00 Uhr nach Arusha, eine Meile hinter Camp im Schlammloch hängen geblieben, etwa gegen 12.00 Uhr in Ikoma angekommen. (Anmerkung: ca. 4 km vom Camp entfernt.) *Gegen 20.30 Uhr etwa 10 Meilen vor Arusha Plattfuß, kein Rücklicht brennt. Ankunft 22.00 Uhr in Hotel Tanzanite.* (Anmerkung: für 350 km!)

Dazu passend ein Eintrag vom 15. Oktober 1970:
Gegen 17.00 Uhr größeres Unwetter, Camp wieder voll mit Schlamm und Wasser. Frösche und Ameisen machen sich unangenehm bemerkbar.

Ich erwähnte ja schon zu Beginn, dass mein Fernweh eigentlich eine mehr nördliche Tendenz hatte. Nun ja, wie der Zufall so spielt, und es war wirklich der pure Zufall, der mich vom tiefsten Süden in den höchsten Norden brachte, nördlicher ging ja dann schon fast nicht mehr.

So 1968 oder 1969 besuchte ich auf Anregung eines Kollegen einen Diavortrag eines kanadischen Outfitters mit deutschen Wurzeln. Sein Name, den »Nordjägern« nicht ganz unbekannt, Werner Koser aus Ross River, Yukon.

Tolle Bilder auf der Leinwand, davor ein richtiger Haudegen, ich war beeindruckt. Geld für eine solche Jagd hatte ich eh nicht, weitergehende Schnapsideen hatte ich da wohl auch nicht, also abgehakt und im Hinterkopf gebunkert.

Jürgen: »Bernd, nächste Woche kommt ein Gast aus Kanada, kümmere dich um ihn.«

Ich: »Wer kommt?«

Jürgen: »Werner Koser, ein Kanadier, aber er spricht Deutsch.«

Wenn dies nichts mit Vorsehung zu tun hat, dann weiß ich es auch nicht.

Dabei stellten wir auch noch fest, dass seine liebe Gattin Else und meine liebe Gattin Edith »fast« miteinander verwandt waren. Beide sind waschechte Odenwälderinnen, was natürlich ungemein verbindet, und dies führte, langer Rede kurzer Sinn, zu folgendem Wortwechsel: »Hättest du, lieber Werner Koser, eventuell Arbeit für mich in Kanada?« Antwort: »Selbstverständlich, aber bezahlen kann ich dich nicht.« Nach einer Bezahlung hatte ich doch überhaupt nicht gefragt, nur nach Arbeit!

Da traf es sich trefflich, dass gerade eine kleine Flaute bei den Gästezahlen herrschte, die eine oder andere kleine atmosphärische Störung im Betrieb sich bemerkbar machte, und schon wurde nach einem Jahr Afrika der Abschied eingeläutet, mit einem lachenden und einem weinenden Auge. Noch war ja meine Bindung an Afrika nur sehr locker. Noch waren die Einflüsse meiner Herkunft stärker, der Kontakt zu den Menschen meines Gastlandes nur oberflächlich.

6
Begegnungen

Es ist doch schon erstaunlich, mit welchen Menschen und Schicksalen man in so wenigen Monaten in Kontakt kommt.

Präsident des Landes Tansania war Julius Nyerere, ein überaus geschätzter Mann, seiner Ausbildung nach ein Lehrer, geboren nur wenige Kilometer von unserem Jagdcamp entfernt. Schon zu seinen Lebzeiten wurde dort ein bescheidenes Denkmal errichtet, just von dem Hotelier, der auch die Ft.-Ikoma-Lodge baute und sogar den Titel Staatsbaumeister führte.

Die feierliche Einweihung der Ft.-Ikoma-Lodge wurde von Präsident Nyerere höchstpersönlich vorgenommen und er wurde samt Gefolge bei uns mit Wildbraten versorgt. Die Küche des Hotels war wohl noch nicht einsatzfähig. Dass der Präsident dabei ein von mir gewildertes Impala verdrückte (keiner von uns hatte mehr ein Impala auf der Lizenz!), tat dem Spaß keinen Abbruch. Zum Abschied bekam *Mr. President* von meiner Gattin noch einen Händedruck inklusive »Hofknicks« und im knappen Minikleid. Alles gebannt von mir auf Super 8 und noch heute niedlich anzusehen, natürlich des Minikleides wegen!

So angenehm der Präsident auch war, sein Weg in den Sozialismus führte das Land ins Abseits, in die Armut. Ausländische Grundbesitzer wurden enteignet. Ein Betroffener dieser Vertreibungen jagte bei uns als Berufsjäger, Richard Palmer-Wilson, sein Vater verlor die Farm in den Usambara-Bergen und sein Sohn Richard kam mit einem alten Landrover und einem dicken Püster zu uns als Berufsjäger. Sein Vater verlor die Farm fast über Nacht und musste seinen gesamten Fuhrpark verschleudern. Er selbst war auch als Berufsjäger tätig und erlegte am Lake Manyara den wohl stärksten Büffel aller Zeiten.

Rolf Trappe, Sohn der berühmten Frau Trappe, jagte in unserer Nachbarschaft, und wir trafen uns des Öfteren zu einem kleinen Schwatz inmitten der Savanne. Ich erinnere mich noch sehr gut an ein zufälliges Treffen im Busch, bei dem er einen schwedischen Jagdgast führte. Selbiger schoss an diesem Tag, seinem letzten Jagdtag, und mit seiner letzten Patrone einen gewaltigen Keiler. Dabei war auch der Sohn von Rolf, so etwa 15 bis 16 Lenze jung und geborener Jäger. Etwa 35 Jahre später sah ich den jungen Springinsfeld wieder, in einer TV-Dokumentation über das Leben seiner berühmten Großmutter Trappe auf Momella.

Joschka, ungarischer Berufsjäger bei Dr. Nagy. Unsere Wege kreuzten sich immer nur kurz in der schönen Lodge von Dr. Nagy. 1976, fünf Jahre nach unserem letzten Treffen, stand ich mit meinem Unimog auf einer staubigen Piste im Südsudan und versuchte gerade, mit Kaugummi ein Loch im Tank zu flicken, zum x-ten Male übrigens. Zur Sicherheit stand ein fest verzurrtes Reservefass mit 200 Litern Diesel auf der Ladefläche. Plötzlich hielt ein Landrover neben mir und Joschka lachte über das ganze Gesicht. Er führte eine Safari fernab seiner Residenz am Mt. Meru. Wohl 30 Jahre später hörte ich wieder etwas von Joschka. Ein kleiner Artikel im »Wild und Hund« berichtete von seinem Tod durch eine angreifende Löwin.

Bob Brown, ein lustiger Engländer aus Arusha, führte bei uns in der Hochsaison die eine oder andere Safari. Wir verbrachten viele Stunden am Lagerfeuer mit ihm und seinen Geschichten rund um die Jagd. Ihn traf ich nie wieder. Nur eine Nachricht erreichte mich viele Jahre später. Ein Büffel verletzte ihn schwer, er schaffte noch den Weg in ein Hospital und starb an einer verseuchten Bluttransfusion.

Carlos da Cruz, ein hünenhafter Berufsjäger mit spanischen Wurzeln, und sein unzertrennlicher Begleiter vom Stamme der Massai jagten mehrmals bei uns. Noch heute trage ich zu besonders feierlichen Anlässen mit Stolz ein vom Massai geflochtenes Armband aus dem Schwanzhaar eines Elefanten. *Carlos, ich hoffe, du ziehst noch deine Fährte als Ruheständler im warmen Spanien, und ich versichere dir, solange ich das Armband noch tragen kann, so lange bleiben du und Bwana Massai mir in bester Erinnerung.* 1975 oder 1976 sahen wir uns zum letzten Mal, auch dies im Südsudan. Ich stolperte müde und platt, von meiner Baustelle in Juba kommend, in das einzige Hotel der Stadt, wo ich sechs Monate (doch davon später) nächtigen musste. Wer sitzt dort im bequemen Sessel und grinst über alle Backen? Carlos nebst Massai.

Eines Tages standen wir in Dr. Nagys kleinem Tierpark vor dem Affenhaus. Ein junger Mann begrüßte uns auf Deutsch und stellte sich mit dem Namen Thomas Grzimek vor, auf seinen Armen einen Affen balancierend. Allen fiel der Groschen, nur mir nicht. Dass ein Sohn des berühmten Zoodirektors Grzimek in der Serengeti tödlich verunglückte, war uns nur zu gut bekannt, schließlich fuhren wir fast im Monatstakt am Gedenkstein von Michael Grzimek am Rande des Ngorogoro-Kraters vorbei bzw. hielten für eine Zigarettenpause inne und genossen den wunderschönen Blick über den Krater.

Doch zurück zu dem jungen Mann vor dem Affenkäfig. Mein Chef lud ihn für einige Tage in unser Camp ein und wir verbrachten einige schöne Tage am Grumeti River. Dabei klärte man mich als blinden Hessen ein wenig auf, was bei sachlicher und insbesondere langsamer Vorgehensweise durchaus auf fruchtbaren Boden fallen kann. Also, die Mutter von Thomas sei eine Massaifrau und er somit kein ganz richtiger Frankfurter, was man doch bei genauerem Hinsehen auch erkennen könne. Ich sagte es ja bereits, langsam vorgetragene Erklärungen und dezente Hinweise führen bei mir häufig zum Aha-Effekt. Wir hatten viel zu erzählen, saßen lange am Feuer und tranken Bier – mit Apfelwein, dem Frankfurter »Stöffchen«, konnten wir leider nicht dienen.

Hierzu noch einige Erläuterungen. Die etwas älteren Leser unter Ihnen erinnern sich sicher noch an den wirklich populären Prof. Grzimek und seine Fernsehsendung, seine mitgebrachten Tiere aus seinem Frankfurter Zoo und natürlich seine Bitte um eine kleine Spende zum Schluss der Sendung. Hätte die Regenbogenpresse zur damaligen Zeit über den »Fehltritt« des berühmten Professors berichtet, kaum vorstellbar, welch Sturm der Entrüstung über ihn hereingebrochen wäre. Wie mir jedoch später mehrfach berichtet wurde, war der Presse wohl alles bekannt, aber sie hielt dicht. Soweit ich mich erinnere, war Thomas um 1970 als Sportstudent in Mainz, als er Tansania besuchte. Jahre später hörte ich mit Entsetzen, dass er freiwillig aus dem Leben geschieden ist.

Noch eine kleine Anekdote über die Boulevardpresse und einen waschechten amerikanischen Skunk. Anfang der 80er-Jahre war ich Revierleiter in der Nähe des Frankfurter Flughafens, wohnte in einem kleinen Jagdschlösschen (standesgemäß!) inmitten des Revieres. Rundum Autobahnen, Eisenbahn und Fluglärm satt vom Zivil- und Militärflughafen Frankfurt und der damals noch dort vorhandenen großen US-Militärpräsenz. Zahme Skunks (Stinktiere!) wurden offensichtlich bei der Rückreise der Soldaten in die USA der Einfachheit halber im heimischen Wald entsorgt, wo sie sich zu vermehren drohten. Ein Jäger schoss des Nachts auf einem Stoppelacker den ersten Skunk, ohne zu wissen, was er da zur Strecke brachte. Er hielt dicht und die Sache unter Verschluss. Erstmals bemerkten wir das Auftauchen der neuen Wildart durch unsere verrückt spielenden Pferde auf der Koppel. Was tun, der Skunk ist kein jagdbares Wild, und krumme Touren galt es zu meiden. Also Bericht an das zuständige Ministerium in Wiesbaden: »Die Skunks sind los!« Rückmeldung postwendend: »Abschuss erforderlich.« So kam ich zu der Ehre, den ersten »offiziellen« Skunk erlegen zu dürfen, was dann auch geschah. Ein zweiter Skunk wurde später per Falle erlegt. Erst dann rückte der wahre Ersterleger mit seiner Geschichte heraus. Sein Fazit: »Einmal und nie wieder und auf keinen Fall noch mal im Kofferraum deponieren, oje, oje, so was von Gestank ...«

Unser größtes Boulevardblatt hatte wohl über ein Leck im Ministerium (Sommerloch?!) Wind von der Sache bekommen. So erhielt ich umgehend einen Anruf dieses besagten Blattes und schilderte, in meiner

Eigenschaft als blinder Hesse, kurz die sehr unspektakuläre Erlegung. Halbseitig und in knalliger Aufmachung fand ich mich kurz darauf im Blatt. Bis auf das Wort Stinktier (hiermit meinte ich natürlich nicht den Reporter) war alles ein ganz klein wenig verdreht und vom nicht verdrehten Rest stammte kein Wort von mir. Selbst in unserem Camp am Grumeti River tappten wir einem Mann der Regenbogenpresse in die Falle. Er steckte doch glatt einem von uns erlegten und aus der Decke geschlagenen Gnu einige Pfeile in die Rippen und schwadronierte in seinem Blatt über die ausufernde Wilderei in Afrika. Meine dringende Empfehlung bei Anmarsch einer Person dieses Umfeldes, abtauchen in den Weinkeller und warten, bis der Spuk vorbei ist, es lohnt sich selbst bei der teuersten Flasche.

7
Nachlese

Ein Jahr in einem mir völlig fremden Kulturkreis war vorüber. Ein Jahr, ohne dass ich auch nur ansatzweise etwas aus unserer »Zivilisation« vermisst hätte. Okay, ich gebe es zu, ein gutes Brot mit Leberwurst belegt, und dies nach Omas Motto: »Ist die Wurst so dick wie das Brot, dann kann das Brot so dick sein, wie es will«, wurde hin und wieder vermisst. Kein TV, kein fließendes Wasser, abgesehen vom Grumeti River, kein Strom, keine Zeitung, kein Telefon, nichts dergleichen wurde vermisst. Okay, fast nichts. Nach zwei oder drei Stunden Nachsuche war der Wasserbeutel leer, sofern wir ihn überhaupt vom Fahrzeug mitnahmen. Es war die Zeit, wo man noch Wasser im Leinensack an der Stoßstange hängen hatte, durch Verdunstungskälte gut gekühlt. Die Zunge wurde langsam pelzig und die Lippen spröde, da erschien dann häufig auf dem Rücken des Fährtenlesers eine Fata Morgana in Form einer Kiste »Bad-Vilbeler-Mineralquelle«. Okay, meine liebe Gattin hatte ab und zu Sehnsüchte, bei ihr war es meist ein guter Camembert aus dem Allgäu!

Ich habe mich in diesem Traumjahr leider nicht genügend um das Erlernen der Landessprache Suaheli bemüht, was ich noch heute bedauere. Wie oft bin ich noch mit Freunden und Bekannten auf Fotosafari nach Kenia gegangen. Wohl an die zwanzig Safaris dürften es gewesen sein und immer wären bessere Sprachkenntnisse von unschätzbarem Vorteil gewesen. Ein blinder Hesse bleibt eben ein blinder Hesse.

Ich erwähnte ja schon, dass nicht alles, was wir taten, den Gesetzen des Landes entsprach. Einige der jagdlichen Vorschriften wurden leicht gedehnt, es fühlte sich alles an, als wären wir in einem rechtsfreien Raum und müssten nur uns Rechenschaft ablegen, und ich dachte auch noch, es wäre normal.

Zu den angesprochenen positiven Erfahrungen muss ich die enorme Jagdpraxis, komprimiert auf ein Jahr, zählen. Nach meinen Aufzeichnungen führte ich Gastjäger auf 147 Stücke Schalenwild. Wir verloren davon kein angeschweißtes Stück, mit Ausnahme von zwei Büffeln. Jede Nachsuche war für mich ein Lehrstück allererster Sahne, und dies natürlich ohne Hund. Zwei unserer Fährtensucher hätten es auch glatt mit einem Hund aufnehmen können. Ich weiß, jetzt jaulen einige Hundeleute auf, alles Quatsch, der Hund ist besser. Kein Streit, meine Aussage steht, ich habe Nachsucher erlebt, bei denen ich an Hexerei glaubte, ehrlich! Mangangi, der schon in vielen Veröffentlichungen benannt wurde, und Haji, dessen Vertrauen ich genoss, und umgekehrt. Am Beginn der ersten Nachsuchen glaubte ich wirklich an Gespenster. Haji hing an einer Fährte, als hätte jemand mit Kreide eine Linie gezogen. Natürlich ist es hier auch so wie mit der Erkennung von Wild. Am Anfang sahen wir nichts, nur schwarze Punkte in der Landschaft. Es könnte ein Strauß sein oder gar ein Büffel. Für frisch angekommene Gäste sind es nur Punkte, somit nichts. Später genügt nur ein Auge, um zwischen Büffel und Strauß zu unterscheiden. Bei dem Fährtenbild wird es ungleich schwerer, hier heißt es schauen und nochmals schauen und immer lernen und nochmals lernen. Nach einigen Monaten glaubte ich dann nicht mehr an Gespenster, ich wurde selbst eines (ein hessisches …).

Weniger gut klappte die Sache beim Angehen eines kranken Stückes im dichten Buschwerk. Haji vorweg mit seinem Beutelchen mit Asche, zwei Meter vor, mit der Asche Wind prüfen, zwei Schritte vor, Asche verstreuen. Er blieb stehen. »Masharubu, da steht der Büffel, ganz nah.« – »Wo genau, ich sehe null?« Ich überragte Haji fast um zwei Köpfe und stand mit meiner Birne immer im grünen Blattwerk, während Haji freies Sichtfeld hatte. Ein angeborenes Manko meinerseits und nicht zu verwechseln mit dem blinden Hessen ...

Ähnlich verhielt es sich mit meinem Fahrwerk. Während Haji sehr kleinfüßig und oft barfuß pirschte und dabei höchstens ein Miniästchen traf, so hatte ich mit der Fahrwerksgröße 47/48 immer die Chance, gleich zwei oder drei Ästchen auf einmal zu zerbröseln.

Das Erkennen und Deuten des Kugelschlages ist eigentlich keine besondere Wissenschaft. Die Häufigkeit der Ereignisse macht den Meister. Zudem konnte man sich als Jagdführer voll und ganz auf die Schussabgabe des Gastes und auf die Reaktion des beschossenen Wildes konzentrieren. Vor lauter Jagdfieber, auch Angst vor dem Schuss, konnten dies nur wenige Gäste. Ein oft beobachtetes Manko waren die dicken Kaliber in zu leichten Waffen. Zudem wurde ja nur im Hemd geschossen (Hosen hatten sie natürlich auch an ...), was dem »Mucken« sehr förderlich ist.

Vor dem Schuss versuchten wir noch den deutschen Blattschuss aus dem Kopf des Schützen zu drängen. »Mitten auf das Blatt, nicht hinter das Blatt.« Vom Schützen kam dann »Verstanden«, Augen zu, bums! Ich möchte nicht wissen, für wie viele »vermeintliche« Fehlschüsse er heute noch verantwortlich ist, dieser sogenannte Blattschuss hinter dem Blatt. Ich halte ihn für Unfug.

Ich erinnere mich noch an meine Ansage nach dem Schuss auf eine Thompsongazelle, Entfernung ca. 120 m, Anschlag auf Zielstock, »Knochentreffer, Laufschuss«. Das Stück springt offensichtlich gesund ab, verhofft nochmals in Schussentfernung. Schwieriger Schuss vom Dreibein in stark flimmernder Luft. Rums, das Stück fällt mausetot um. Und der erste Schuss? Er saß Daumenstärke über den Schalen, welche nur noch am seidenen Faden am Lauf hingen. Nach einer solchen Ansage läuft man tagelang mit geschwollener Brust in der Savanne auf und ab.

Auch der Spaß kam nicht zu kurz in diesen zwölf Monaten. Zum Schluss noch zwei Geschichten zum Schmunzeln.

Ingo und ich bekamen ja gleich zu Beginn unserer Arbeit die unseren Bärten entsprechenden Namen. Ingo wurde zum Kidefu und ich zum

Masharubu. Die Gäste erhielten meist ihren afrikanischen Namen nach der Erlegung ihres Büffels, verbunden mit einem Tanz um das Feuer und einem Ständchen der Mannschaft. Die Übersetzung des Namens oblag dann uns. Ein Jagdgast, etwa so breit wie hoch, mit rosiger Gesichtsfarbe, erlegte den ersten Büffel und wurde bei der Rückkehr entsprechend empfangen und bekam seinen neuen Namen: Bwana Kiboko, Herr Flusspferd! Herr im Himmel, ich weiß heute leider nicht mehr, wie wir den Namen übersetzten, nur nicht mit Flusspferd.

Unser Pilot Franz startete in Nairobi, nicht ohne eine Tüte Pflaumen zu kaufen, die er alsbald nach dem Start auch verspeiste. Vermutlich trank er auch noch einen Liter kaltes Wasser. Vermerkt sei, dass es 1970 in diesen kleinen Maschinen keinen Autopiloten gab. Er landete seine Maschine, sie rollte noch, als er ausstieg, nein, aussprang (!), blankzog und schwor: »Nie mehr Pflaumen!!« Keiner von uns hatte eine Kamera dabei, schade, schade.

... setzte sich fort im Yukon-Territorium ...

Yukon 1971, Pferdetrail von Ross-River zum Jeff-Lake

8
Aufbruch in die Kälte

Nach meiner Rückkehr nach Deutschland mussten noch einige Monate überbrückt werden, Zeit, um am Frankfurter Flughafen im Schichtdienst (!) noch etwas Geld zu verdienen. Aus den Savannen Ostafrikas in den Schichtdienst am Flughafen. Ich lief am Anfang reichlich benebelt durch die Hallen und Büros »meiner« Frachtabteilung, suchte eine kleine, mit Gold gefüllte Kiste und stellte fest, dass selbige als Türstopper für ein Hallentor diente. Ich fing ausgebüxte Vögel im Frachtraum der Maschinen aus Südamerika. Ausgebüxte Reptilien fingen wir nicht selbst, wir waren ja clever, sie wurden den Spezialisten am Heimathafen Amsterdam überlassen. Wir standen bei den Zierfischhändlern und bangten mit ihnen. Eine größere Verspätung und ihre Zierfische in den Plastiktüten hauchten ihr kleines Leben mangels Sauerstoff aus, was naturgemäß den späteren Weiterverkauf doch stark erschwerte.

Nun ja, der Verdienst war gut, ein preiswertes Ticket nach Whitehorse im Yukon war auch noch drinnen. Ein Brief von Werner Koser bestätigte alles noch einmal, auch die Zusage auf Null-Verdienst. Ein kleines Problem war noch die Erlangung der Aufenthalts- und Arbeitserlaubnis. Die Erlangung dieser Papiere war grandios einfach, ehrlich! Mit dem Brief von Koser in der Tasche und meiner Gattin an der Hand fuhren wir nach Köln zum kanadischen Konsulat, kamen nach fünf Minuten wieder raus, nach einigen Sätzen in englischer Sprache, und waren Einwanderer, Ende der Durchsage. Kleines Manko, ich musste nach der Einreise eine Führerscheinprüfung ablegen. Sie lief ab wie folgt: Fahrprüfung mit zwei Polizisten im Auto, Hauptstraße rauf, Hauptstraße runter, bestanden.

Schriftliche Prüfung bei einem der beiden Mountys (er ging bei Koser zur Jagd ...), bestanden.

Der Führerschein bestand aus einem kleinen Zettel, kein Foto, nichts. Die kanadische »Greencard« ebenso, kein Bild, nur ein Name. Zugegeben, es war 1971, aber immerhin.

Um Mitternacht erreichten wir mit einem Linienbus, aus Whitehorse kommend, die kleine, etwa 400 Seelen zählende Indianersiedlung an der Mündung des Ross River in den Pelly River. Unsere Anweisung lautete ganz einfach: »Sollte euch niemand abholen, so steigt in ein Motorboot am Ufer, überquert den Fluss und schiebt euch auf der Ranch gegenüber ein.« Doch kaum war alles nochmals rekapituliert und auf Plausibilität überprüft, schon stand Werner vor uns. Der nun folgende Tanz zu mitternächtlicher Stunde, eine Mischung aus Polka und Square Dance, ließ so manchen Indianer am »Busbahnhof« am Verstand der Bleichgesichter zweifeln. In der einzigen noch geöffneten Bar (Ross River besaß deren zwei) wurden noch schnell einige Büchsen Bier entleert (die Büchse zu umgerechnet etwa 1,10 Euro, mir wurde leicht schwindelig, für 1971 eine Menge Geld, natürlich auch im Hinblick auf mein Monatseinkommen ...), und dann ging es schnurstracks zum Boot. Auf dem Weg dorthin trafen wir noch eine Indianerin, jung, langes pechschwarzes Haar, rehfarbene Elchlederjacke mit Fransen rundum. Zugegeben, wäre ich nicht glücklich verheiratet gewesen, wäre ich gar als Junggeselle nach Ross River gekommen, die Balzgesänge hätten kein Ende genommen und ich wäre noch heute mit einer Feder im Haar (o. k., das Haar kann gestrichen werden ...) im Raum Ross River zugange. Doch der schönen Dinge nicht genug, neben ihr stand noch ein richtiger, ganz echter, Rolls-Royce, gülden im Mondlicht glänzend. Ein RR in Ross River entspricht etwa dem Vorhandensein einer Schukosteckdose in einem Iglu am Eismeer. Die Geschichte des Besuchers, der auch noch eine schicke Villa sein Eigen nannte, ist schnell erzählt. Er steckte sich einige Claims ab und fand Silber und Blei.

In den nächsten Tagen blieb keine Minute ungenutzt, die Vorbereitungen für den Beginn der Jagdsaison am 1. August liefen auf vollen

Touren. Große Gespräche wurden nicht geführt, jeder packte an, jeder wusste, was er zu tun hatte. Aufgrund meiner doch vorzüglichen Vorkenntnisse, insbesondere was die über 30 Pferde betraf, stand ich meist jemandem im Weg, fragte dummes Zeug und war froh, wenn ich Wasser vom Brunnen holen durfte. Hierbei waren die Chancen, etwas verkehrt zu machen, doch relativ gering.

Die Ranch bestand aus einem Haupthaus, beheizt mit einem Ölofen, aber in der Hauptsache über einen einfach konstruierten Ofen (umgebautes Ölfass) im Keller, wobei die Warmluft über kleine Bodenöffnungen die oberen Räume erwärmte. Um dieses Haupthaus dann verstreut einige Lagerhallen und Schuppen sowie kleine Blockhütten für Gäste, alles mit Rundstämmen gebaut. Wasser aus dem Brunnen und Trockenklo überm Hof, mit im Winter rekordverdächtigen »Sitzungszeiten«. Die tiefste jemals in Ross River gemessene Temperatur war nach meiner Erinnerung minus 57°!!

Eine dieser Blockhütten war uns zugedacht, meine erste Begegnung mit diesem Wohnstil, und mir war klar, sollte ich einmal ein Haus bauen, dann ein Blockhaus. Man muss halt nur wollen, und wie ich wollte, und heute leben wir in so einem Ding, grandios, kann ich nur sagen.

Die mühevollste Arbeit war das Einfangen und Beschlagen der 35 Pferde. Seit Ende der Jagd im Oktober vorher waren sie im Wesentlichen auf sich selbst gestellt und suchten ihr Futter im umliegenden Wald und entlang der Flussufer. Sie bevölkerten wohl eine Fläche von 50 bis 100 km_2. Mit etwas Heu, Hafer und Salzlecken werden sie am Abwandern gehindert, eine Kirrung der besonderen Art. Eine Vollfütterung der Tiere ist aus finanziellen Gründen nicht möglich.

Hier zeigen sich schon die für uns schwer vorstellbaren Probleme, resultierend alleine schon aus der Größe des Landes. Das Heu und der Hafer kommen per LKW aus dem 1600 Kilometer entfernten Dawson Creek in Britisch-Kolumbien. Die Pferde kommen ebenfalls per LKW aus dem 2600 Kilometer entfernten Cadomin in Alberta. Das harte Klima des Yukon verhindert sowohl eine gesicherte Nachzucht eigener Pferde, ganz zu schweigen von dem Anbau von Getreide oder der Produktion von

Heu. Knackpunkt für alle eingeführten Pferde ist der erste Winter und das Verdauen der »Waldweide«. Klappt dies, dann steht es gut mit der weiteren Verwendung als Reit- und Packpferd.

Durch den langen Aufenthalt der Pferde in freier Wildbahn entwickelt sich natürlich ein doch recht ausgeprägter Hang zum »Starrsinn«. Dieser etwas raue Pferdetyp erschwert naturgemäß das Beschlagen der Hufe. Ein eigens für diesen Job angereister Cowboy und Hufschmied hatte mein vollstes Mitgefühl. Anfangs stand ich immer in respektvoller Entfernung und versuchte mich in der Deutung der englischen Kraftausdrücke. Einer, ausgestoßen von Werner, bleibt mir wohl auf Dauer in Erinnerung: »You wrotten, stinking Mistsau!«, unverkennbar mit deutschen Wurzeln versehen.

Diese ganze Beschlagerei erinnerte mich an einen Boxring, in dem der Sparringspartner vom Meister verhauen wird. In diesem Falle war das Pferd der Meister und Schmied Orman der Verhauene. Selbiger hatte noch eine, die ganze Sache aufmunternde Eigenschaft. Seine dritten Zähne waren wohl nicht sehr stabil befestigt und so wurde bei besonders heftigen Flüchen auch schon einmal der eine Ober- oder Unterkiefer im Freiflug beobachtet. Selbiges passierte auch ab und an, wenn das Elchfleisch noch ein wenig zäh war. Wer den Schaden hat, spottet bekanntlich jeder Beschreibung. Wie stolz war ich, als er mir, er war ja eigentlich waschechter Cowboy, das Lassowerfen beibringen wollte. Nun ja, der eine amüsiert sich über fliegende Zähne, der andere über wild durch die Gegend fliegende Seile!

Am 25. Juli 1971 war es dann so weit, alle Pferde waren auf einer Koppel vereinigt, auch die einige Tage vorher aus Alberta gekommenen vier Pferde hatten sich in die bestehenden Rangordnungen eingefügt. Eigentlich hatte Werner fünf Pferde gekauft, alle fünf kamen auch an. Ein stolzer Schimmel schlug der Entlademannschaft ein Schnippchen und verschwand im nahen Wald. Von seinem Schicksal und dem der vier anderen ist später noch zu berichten.

Alle Konserven, Mehl, Zucker, Tabak (!), eine komplette Kücheneinrichtung, Pack- und Reitsättel, Zelte, Äxte, Motorsäge, Medikamente,

Funkgeräte, ein fast nicht mehr zu überblickender Berg an Ausrüstung für fast drei Monate wurde auf einem gummibereiften Planwagen (kein Pkw-Anhänger mit Bremse oder gar Rücklichtern) und in einem VW-Bus verstaut. Dazu gehörten noch ein uralter Pick-up, beladen bis zum Anschlag, sowie als Zugmaschine für den Planwagen ein in die Jahre gekommener Geländewagen der Marke »International«, ebenfalls voll bis unter das Dach. Ihn zeichnete noch die Besonderheit aus, dass seine rechten Türen komplett zugeschweißt waren, eine Stabilitätsmaßnahme nach einem seitlichen Überschlag.

Am Rande sei noch vermerkt, dass die gesamte Ausrüstung, hier ganz besonders die Sättel, vor dem Abrücken von der Polizei überprüft wurde. Den Jagdgästen sollte kein Unfall das Waidwerk vermiesen, ich staunte Bauklötze!

Ein wilder Haufen zog nordwärts, westwärts sagte man früher, ist aber out und war wohl eher in den Vereinigten Staaten üblich. Meine Erfahrung auf dem Rücken dieser »wilden« Mustangs gründete auf ein bis zwei Stunden »Rückenkontakt« mit ihnen. So wurden mir und meiner Gattin der VW-Bus und der Pick-up anvertraut. Dies passte wohl nicht so ganz zu meinem im »Generalstore« zu Ross River erstandenen Outfit. Dazu gehörten ein Paar echte Cowboystiefel. Ich bekam 50 % Nachlass darauf vom Besitzer Ed, die Dinger lägen schon mindestens zehn Jahre im Regal und ich sei der erste Kunde mit Schuhgröße 47!

Weiterhin gehörte ein dickes und schön rot kariertes Hemd dazu, »made in China« (1971!) und spottbillig. Weiterhin ein schwarzer Westernhut, »made in Poland«! Je mehr ich darüber nachdenke, desto klarer wird mir die Sache. Dieses Jahr 1971 war sicherlich der Beginn der Globalisierung, kein Zweifel.

Einer alten Militärstraße des Zweiten Weltkrieges folgend, von Amerikanern in Rekordzeit gebaut, um Ölquellen in den Nordwest-Territorien zu erschließen, zogen wir bis zum 29. Juli etwa 200 Kilometer in das Jagdrevier hinein. Die beiden Söhne von Werner und ein Schulfreund von ihnen (es waren gerade Ferien) und unsere vier indianischen Guides saßen hoch zu Ross, angeführt von Werner. Man bedenke, neun Monate hatten zumindest die Indianer keinen Kontakt mit einem Pferderücken, sie selbst hatten keine Pferde. Dann, von jetzt auf sofort 40 bis 50 Kilometer pro Tag auf den beinharten Westernsätteln. Wenn nichts mehr ging, stiegen sie um in eines der Fahrzeuge und hofften auf eine glatte, schlaglochfreie Strecke!

Edith und ich fuhren voran und hatten schon eine Mahlzeit parat, sobald der Treck seine Rast einlegte. Geschlafen wurde unter freiem Himmel oder in alten, noch intakten und fahrbaren – auf Kufen – Hütten, welche zur Bauzeit der Militärstraße als Bauwagen benutzt wurden. Selbst Militär-Lastwagen aus dieser Zeit standen noch in den Wäldern, inklusive Benzinfässern. Als die Amerikaner ihr »Ölintermezzo« im hohen Norden nach Kriegsende abbrachen, ließen sie alles stehen und liegen und fuhren zurück in die Heimat.

Unser Treck hatte bestes Wetter, die Stimmung war prächtig und die Mücken außer Rand und Band. Das war schon gewaltig, einmal mit der Hand über den Hals des Pferdes und die Hand war rot. Geradezu filmreif die Spurts hinter die Hecke. Da ist noch enormer Bedarf an praktischen Lösungsvorschlägen, wie zum Beispiel kann man sein Geschäft verrichten, ohne die Hose fallen zu lassen? Ja, ja, den Einwand kenne ich auch, hätte man erst keine Hose an, dann müsste man auch keine runterlassen.

Bei einer mittäglichen Rast an einem klaren Gebirgsbächlein, strahlender Sonnenschein, Mücken erträglich. Ich war dabei, das Mittagsgeschirr mit dem kalten Wasser auf Hochglanz zu spülen. Nahm dazu ein wenig von dem fast schwarzen Sand zu Hilfe. Damals waren meine Augen ja noch mit denen eines Adlers, o. k., eines Bussards vergleichbar. Doch auch heute und ohne Brille hätte ich es gesehen. Ich hatte das Geschirr doch glatt mit 50 % Sand und 50 % Goldstaub gewaschen, o. k. 60 zu 40. Dieser irre Bach lag voller Gold! »Gold!«, schrie ich auf Deutsch und Englisch in Richtung der dösenden Mannschaft. »Gold!«, schrie ich zu Werner, welcher im Schatten unter dem Planwagen schlief – und weiterschlief! Er lupfte nur kurz seinen Hut und döste weiter, was mir verdächtig hätte vorkommen müssen (Thema: blinder Hesse). Wir waren reich, und er döste!

Alle Mann bewaffneten sich mit Tellern, Töpfen und Eimern und ein gewaltiges Goldwaschen hub an. Als die gesamte Mannschaft bis zum Hals im Wasser lag, kam Werner und grinste von einem Ohr zum anderen. »Ihr Deppen, das ist ›fool's gold‹.« So jäh wie der Goldrausch begann, so jäh endete er auch.

Nun ja, dafür waren jetzt alle Behältnisse einmal durchgespült und schön sauber, und ich war eine Erfahrung reicher. Sie wurde im Hinterkopf gespeichert unter: »Nicht alles, was glänzt, ist auch Gold«. In diesem Falle war eine Schwefelverbindung, so weit meine Erinnerung, schuld an unserem Goldrausch, aber laut Werner waren wir nicht die einzigen Deppen, die auf den Schwefel hereinfielen.

Im Normalfall kamen die Jagdgäste per Wasserflugzeug in unsere zwei Basislager. Eines davon wurde von Werners Gattin Else gemanagt, das zweite von meiner Frau und mir. Die Piloten versorgten uns dabei mit Frischgemüse, Obst, Eiern und Speck aus dem etwa 650 Kilometer entfernten Whitehorse. Sie kamen alle 14 Tage mit neuen Gästen und nahmen die bereits erfolgreichen Jäger mit zurück. Wir standen in ständigem Funkkontakt mit White-horse, um die einfliegenden Piloten über unsere Wetterlage zu unterrichten. Nebel und Berge weit über 2000 Meter sind nicht ohne, ab September/Oktober frieren die Seen vom Rand her zu, Landen und Anlanden an das Ufer sind auch nicht ohne. Eine im Wasser liegende Tragfläche an unserem Landeplatz, dem Jeff-Lake, legte Zeugnis davon ab.

Von der Größe des Jagdrevieres wage ich fast nicht zu berichten, Sie werden die Zahl der Nullen anzweifeln. Eine genaue Vermessung hat wohl noch nicht stattgefunden, aber so um die 25 000 km_2 (nicht ha!!) dürften es wohl sein, also gut, in Hektar sind es dann 2 500 000. Wie war doch noch die Größe eines Eigenjagdbezirkes, so 75 bis 100 ha? Schiere 2,5 Millionen Hektar, Herr, steh mir bei, mir wird schwindelig! Es kommt noch schlimmer, kein Mensch, bis auf die 400 Seelen am südlichen Rand, lebt auf dieser Fläche. Einen solchen »Zustand« muss man als Bewohner des Rhein-Main-Dschungels erst einmal verkraften. Dazu noch ein Erlebnis, eigentlich ein Nicht-Erlebnis als kleiner Mensch inmitten der Bergwelt des Yukon.

Ein kleiner Ausritt vom Camp, so *just for fun*, führte mich über die Baumgrenze auf saftige Bergwiesen. »Smoky«, mein goldfarbener Wallach, stand zementiert im schmackhaften Gras, nicht zu vergleichen mit den rauen Moosen und Flechten der Tallagen. Ich sattelte ihn ab und genoss in vollen Zügen den Blick über die tieferen Waldlager, begrenzt von den 2800 m hohen Itsi Mountains. Kein Laut drang zu mir, kein Vogel, kein Windhauch war zu verspüren. Nichts, absolut nichts, nur unberührtes Land, so weit das Auge reichte. Ich schrumpfte, ich wurde kleiner und kleiner, ich hatte einen dicken Kloß in der Kehle. Die Natur hatte die klare Oberhand, sie beutelte mich wie niemals vorher und niemals nachher.

Am 30. und 31. Juli errichteten wir das Basislager am Macmillan River, mit grandiosem Blick auf einen Gletscher der Itsi Mountains. Edith und ich waren für die kommenden Monate die verantwortlichen Leute, was das Essen für die Gäste und Guides betraf, was die Ausrüstung der abgehenden Packzüge betraf, was den Funkverkehr betraf, was die im Camp verbliebenen Ersatzpferde betraf, was die Sorge um unsere Hunde Hobbo und Money betraf, was das Schlagen von Feuerholz betraf, was das Abkochen der Trophäen und das Salzen der Decken betraf, im Prinzip alles, was mit Arbeit zu tun hatte. Langeweile war nicht vorgesehen.

Die ersten Gäste wurden eingeflogen und auf die Guides verteilt. Zwei Gäste mit zwei Guides und etwa zehn Pferden bildeten einen Packzug. Ausgerüstet mit Zelten, Lebensmitteln, Schlafsäcken und einem Funkgerät, zogen sie nun für knapp 14 Tage durch das Revier, der besseren Aussicht wegen meist oberhalb der Baumgrenze. Oft kamen sie nach sechs bis sieben Tagen für einen Tag in das Basislager zurück, um Wildbret und Trophäen abzuliefern und um einen schönen Ruhetag in Mamas Küchenzelt zu verbringen.

Gleich bei der ersten Gruppe erfuhr ich, wie wichtig eine sorgfältige Überprüfung der einzupackenden Lebensmittel ist, ganz zu schweigen vom Toilettenpapier (!), Wildnis hin oder her. Nach 14 Tagen kam die Mannschaft »leicht« zerknirscht zurück, selbst die guten Trophäen waren kein Ersatz für den Totalausfall von Gemüsekonserven. Schon während des täglichen Funkkontaktes warf man mir etliche großkalibrige Grobheiten an den Kopf. Zum Glück gab es schon reife Blaubeeren und so rupften sie fleißig wie die Braunbären die Früchte, wobei ich mir voll bewusst war, dass man Blaubeeren nur mit viel Wohlwollen zum Gemüse zählen darf. Volle 14 Tage nur Fleisch mit Kartoffelbrei bzw. Kartoffelbrei mit Fleisch, im Wechsel dann Nudeln mit Fleisch bzw. Fleisch mit Nudeln … Ein umfangreiches Mahl mit frischen Brötchen (aus eigener »Fabrikation«!) und Blaubeertörtchen, dazu Rum mit Tee (man beachte die Reihenfolge!) besänftigte die unrasierten Gesichter, und die Stärke der Trophäen wuchs von Törtchen zu Törtchen, ein gutes Zeichen.

So vergingen die Tage und Wochen wie im Fluge. Lustiges und weniger Lustiges, auch eine Mischung von beidem, trug sich zu. Hier einige Kostproben.

An unserem zweiten Basislager war einige Jahre vorher ein kleines Blockhaus mit einem schönen Holzofen nebst »Backabteil« errichtet worden. Zur Ausrüstung der Guides in diesem Camp gehörte auch ein tolles Spektiv »made in Germany«. Nach Ende der Jagdsaison des vergangenen Jahres wurde obiges Spektiv gut verpackt und bärensicher im »Backabteil« des Ofens gebunkert. Die Monate gingen in das Land, die neue Saison startete mit dem Ruf: »Ricky, mach schon mal ein gutes Feuer im Haus an!« So entstand meines Wissens das einzige gut durchgebackene Spektiv im Yukon!

An einem See im Revier war ein Kanu gebunkert, mit dem man ganz trefflich die Uferregionen abpaddeln konnte. Mit viel Schwung, extrem viel Schwung wurde die Sache in Angriff genommen. Der letzte Jäger sprang in das Kanu, wie gesagt, mit extrem viel Schwung, und alle gingen auf Tauchstation. Ein Jauchzen und Jubilieren hub an, geschuldet alleine der Wassertemperatur von knapp über null Grad. Dies war der lustige Part. Das am Tage vorher abgefackelte Zelt – ein Trockenfanatiker hatte seine Gummistiefel auf den Ofen gestellt – fiel nun als Trockenraum aus. Auch die Schlafsäcke mussten auf die Verlustliste gesetzt werden. Dies der weniger lustige Teil. Eine Mischung aus beiden Teilen war dann sicherlich der nächtliche Tanz um das Lagerfeuer mit Hosentaschen voller heißer Steine.

Dass eine etwas kurzsichtige Jägerin mit ihrem Haupt die Eingangsstrebe ihres Zeltes fast aus der Verankerung haute, war nur mit einer leichten Blessur verbunden und kam folglich in die Rubrik »lustig«.

Ein junger Mann aus Ross River kam eines Tages mit seinem Pickup bei uns vorbei, um sich zum Kaffee einzuladen und ein wenig zu plaudern. Er suchte einen Elch für den Wintervorrat, den man nach der Erlegung in einem Schuppen aufhängt, um ihn dann Stück für Stück bis zum Frühjahr zu verspeisen, welch ein Klima! Ich bot mich an, ein paar Stunden als Guide mit ihm zusammen Ausschau zu halten, d. h., gemütlich im Standgas Kilometer um Kilometer die alte Militärstraße abzuklappern. Wir waren noch keine halbe Stunde unterwegs, als ich rechts in den Weidebüschen einen Elch mit tiefem Haupt sah, wohl nur 20 Meter vom Weg entfernt. »Fahr weiter«, sagte ich, schon vom Jagdfieber geschüttelt, »und halt da vorne an.« Wir raus aus dem Auto, die Waffen geladen und vorsichtig zu Fuß zurück zum Elch.

»Achtung, er greift an!« Das Haupt des Stangenelches senkte sich noch etwas mehr. Wir schossen, was das Zeug hergab. Er wollte nicht in die Knie gehen, ein wahrlich harter Brocken.

Nun ja, dieser »harte« Stangenelch ging ein in die Geschichte als »Telefonelch« und wurde unter der Rubrik »Die wilden Jägersleut« archiviert.

Doch was war geschehen? Alles eigentlich ganz einfach, man hätte halt nur ein wenig sorgfältiger ansprechen und das Jagdfieber etwas drosseln sollen. Der arme Kerl hing wohl schon seit Tagen komplett gefesselt an einer Fichte. Der gesamte Kopf war umwickelt von einem äußerst stabilen Telefondraht einer Leitung entlang der Militärstraße. Dieser bestand aus meiner Erinnerung aus einem Stahlmantel mit einer Kupferseele, fast unzerstörbar. Er konnte sein Haupt nicht mehr anheben und um die Fichte hatte er einen wohl 50 cm tiefen Laufgraben gezogen. Welch eine Erlösung für den armen Kerl. So kam ich zu meiner ersten Trophäe bzw. einer halben Trophäe. Wir haben sie ehrlich geteilt.

In aller Regel kamen die Gäste per Wasserflugzeug von Whitehorse und traten auch die Rückreise von Whitehorse per Wasserflugzeug an. Ein Ehepaar traute wohl diesen Maschinen nicht so sehr und wollte die Rückreise in unserem VW-Bus machen. Nachdem ich sie heil via Ross River nach Whitehorse gebracht hatte, trat ich voller Tatendrang die Rückreise an. Westernmusik aus dem Radio, Ross River war wieder hinter mir und nur noch 200 Kilometer zum Camp, was kostet die Welt! Dann waren es nur noch 100 Kilometer und dann fing der Bus an zu stottern, wurde langsamer und hauchte sein Leben aus. Trotz meiner wahrhaft geringen Kenntnisse der Kfz-Technik entdeckte ich, dass der Unterbrecherkontakt (in Englisch »points« genannt, werde ich niemals vergessen ...) der Länge nach gespalten war. Die Firma warb einmal mit dem Slogan »... und er läuft und er läuft«. Zum Glück war der Textschreiber nicht im Yukon, ich hätte ihn gefunden! Zum Camp 100 Kilometer und zurück 100 Kilometer bis Ross River. Zwei Tage verbrachte ich ohne Schlafsack und mit insgesamt einer halben Tüte Trockenobst im und um das Auto herum. Als Raucher (es ist doch zu etwas gut ...) hatte ich zum Glück ein Feuerzeug dabei und konnte so auf der Mitte des Weges ein kräftiges Lagerfeuer unterhalten. Ich haderte schwer mit meinem Schicksal. 100 Kilometer marschieren oder warten. Am dritten Tag kam Hilfe in Form von zwei »Sonntagsjägern« im großen 8-Zylinder-Straßenkreuzer ohne Stoßdämpfer bzw. mit Fragmenten davon. Es fehlte nicht viel und das Trockenobst wäre Hals über Kopf im Innenraum des 8-Zylinders gelandet. Aber egal, besser schlecht gefahren als gut gelaufen.

Im Camp empfing mich Edith ganz aufgelöst. In der Nacht seien zwei Bären im Camp gewesen und hätten die Abfallgrube durchwühlt. Sie habe sich in den sicheren »International« verkrochen, den geladenen 98K an der Seite, und habe die ganze Nacht kein Auge zugemacht (ich übrigens auch nicht ...).

Der zeitliche Abstand zu diesen Erlebnissen ist ja nun doch schon ganz beachtlich, aber noch immer bin ich voller Bewunderung, dass sie nicht flugs ihren Koffer packte und nach Hause flog. Nun ja, flugs wäre es auch gar nicht gegangen, der VW war ja im Eimer und der Rest nicht in bester Verfassung. Alleine mitten im Busch, der Beschützer im wahrsten Sinne des Wortes auf der Strecke geblieben – was sie nicht wusste –, zwei Bären zwischen den Zelten, Flucht in das sichere Auto, und dies alles auf einmal.

Doch auch an Bären kann man sich gewöhnen, sie waren häufige Gäste im Camp auf der Suche nach Fleisch, von dem wir ja reichlich hatten. Anfangs verstauten wir das Fleisch während der Nacht in den Fahrzeugen und unterhielten tagsüber ein Räucherfeuer. Später konnte man das Fleisch im frischen Zustand in die Bäume hängen und nach wenigen Tagen überzog eine dunkle, von der Luft getrocknete Kruste das Fleisch und machte es haltbar. Ab Mitte September tat der Frost dann den Rest der Konservierung.

Das begehrteste Wildbret für die Kanadier ist das Schaf, auch dessen Trophäe, neben der Bergziege. Elch und Rentier sind in erster Linie Fleischlieferanten. Alle Besucher unseres Camps – es waren nur wenige – fragten zuallererst, ob wir etwas vom Schaf entbehren könnten.

Der Oktober war angebrochen und brachte Schnee und Dauerfrost. Täglich konnten wir das Absinken der Schneefallgrenze beobachten, während die herrlichen Farben des Indianersommers verblassten. Die ersten weiter nördlich in den Nordwest-Territorien jagenden Berufsjäger zogen aus ihren Revieren dem Winter davon und gen Süden nach Ross River, um dort ihre Pferde zu verladen.

In dieser Zeit verfolgten wir an unserem Funkgerät den verzweifelten Kampf einer dieser Männer gegen die zu früh gefallenen Schneemassen im Grenzgebirge zu den Nordwest-Territorien. Seine Jagdgäste waren längst zurück in den USA oder Europa, sie ahnten nichts von seinem Kampf. 17 seiner Pferde musste er in den Schneewehen unterhalb des Passes erschießen, ihre Kraft reichte nicht mehr aus, um den Pass zu überwinden. Jede Hilfe von außen hätte seinen finanziellen Ruin bedeutet. Er wird sicherlich in der kommenden Saison mit neuen Pferden erneut am Pass stehen und hoffentlich die Überquerung ein wenig früher beginnen.

Wir fieberten dem Ende der Jagd entgegen. Wieder in einem richtigen Bett schlafen, vor dem warmen Bullerofen mal richtig ausgiebig, in einer Blechwanne stehend, warmes Wasser übers Haupt laufen lassen. Auch der Weg zum stillen Örtchen, dann ohne Gewehr, welch eine Freude! Unser Warten galt einer noch jagenden Gruppe, geführt vom Chef persönlich. Wir wussten, dass sie nur drei bis vier Kilometer am Tag vorankam, da ein Teil der Pferde die Reiter nicht mehr tragen konnte. Eine etwa 30 cm hohe Moosauflage, Sumpf, Wasserläufe und ein schwer zu durchdringendes Weidengestrüpp tun ein Übriges. Dazu kommt natürlich auch die zeitraubende Aufstellung des Packzuges, das Packen und Verzurren der hölzernen Packboxen. Natürlich kommt auch nicht jedes Pferd des Morgens freudestrahlend zur Mannschaft, um sich den Buckel volladen zu lassen. Nein, diese Biester wählen häufig die falsche Richtung, wahre Spielverderber.

Die Gruppe wollte am 12. Oktober im Basislager ankommen. Am 9. Oktober riss der Funkkontakt ab. Wir zogen bereits den Einsatz von Suchflugzeugen in Erwägung. Über andere Funkstationen erhofften wir eine Nachricht zu bekommen, nichts dergleichen. Wer kann die bangen Stunden beschreiben, die wir vor dem Funkgerät verbrachten?

Wie abgesprochen, am 12. Oktober erreichte die Gruppe unser Camp, müde und verfroren, aber in bester seelischer Verfassung. Eines ihrer Pferde – noch so ein Spielverderber – trat versehentlich auf ihr Funkgerät und setzte es außer Betrieb. Ansonsten keine besonderen Vorkommnisse, alle Aufregung umsonst.

Ein Teil der Pferde in unserem Basiscamp hatte bereits einige Tage vorher die »Heimreise« angetreten. Ich versuchte sie verzweifelt mit etwas vorhandenem Hafer und Heu daran zu hindern, um gegebenenfalls für eine Rettungsaktion frische Pferde einsetzen zu können. Nun ja, die »Heimreise« der Pferde in das 200 Kilometer entfernte Ross River ging wie folgt vor sich: Die altgedienten Pferde erklärten die Saison für beendet und gingen nach Hause, die ganzen 200 Kilometer. Als wir die Heimat erreichten, standen sie schon vor dem verdienten Ballen Heu. Ich bin mir nicht sicher, aber ich glaube gehört zu haben, wie eine Stute – mit Blick zu uns – zu ihrem Lieblingswallach sagte: »Guck mal, da kommen sie auch schon, die alten Lahmärsche ...«

Am 13. Oktober brachen wir unsere Zelte ab und zogen mit den restlichen Pferden, wobei die beiden schwächsten Pferde auf dem Planwagen verstaut wurden, in Richtung Ross River. Unser Nachtlager vom 14. zum 15. Oktober schlugen wir an einem munteren kleinen Gebirgsbach auf. In dieser Nacht fiel das Thermometer auf minus 30 Grad. Unsere Schlafsäcke froren am Boden fest und mein Bart am Schlafsack. Das Kühlwasser in den Fahrzeugen bestand aus grüngelbem Wackelpudding. Keine Kamera ging mehr, und der sprudelnde Gebirgsbach wurde zu blankem Eis. Die Elchkeule sah einem Granitfelsen sehr ähnlich, insbesondere was die Härte anbelangte. William, genannt Willi, vom Stamme der Yukon-Indianer, löste das Problem mittels einer Axt und produzierte Steaks am laufenden Band und in stark schwankender Stärke. Der Abwasch bei minus 30° spottet jeder Beschreibung, aber die Steaks waren spitze.

Gegen Mittag hatten wir die Autos wieder zum Leben erweckt und erreichten kurz darauf das letzte echte Hindernis der Fahrt, den sogenannten 2-Meilen-Hügel, wobei das Wort Hügel eine klare Untertreibung ist. Er hat eine schier unglaubliche Steigung, dazu auf beiden Seiten steil abfallende Böschungen. Abgerundet wurde das Gaudi noch durch eine ca. 20 cm starke Schneedecke. Alle Passagiere gingen zu Fuß, die Fahrertür blieb offen. Alle zehn Meter lagen Steine oder Hölzer, um als Notbremse eine ungewollte Rückwärtsfahrt zu verhindern. Ein im Juli dort abgestürzter und verbrannter LKW war bei der Bergabfahrt verunglückt. Fahrer schwer verletzt, riesiger Waldbrand obendrauf. Er hatte die gesamte Ausrüstung eines Berufsjägers geladen. Wir schafften den Aufstieg und den nicht minder gefährlichen Abstieg mit unserem alten Planwagen im Schlepptau. In tiefster Dunkelheit erreichten wir die Ranch in Ross River, die Zivilisation hatte uns wieder.

Gleich am nächsten Tag erzählte uns ein im Ort lebender französischer Missionar von einem in der Nähe – das waren dann 25 Kilometer – gesichteten weißen Elch. Man habe ihn nur aus der Ferne gesehen, ob Bulle oder Kuh, sei nicht zu erkennen gewesen. Werner roch den Braten sofort und zwei Tage später hatten wir den im Juli ausgebüxten Schimmel gefunden. Einige Tage später und die Wölfe hätten ihn wohl gerissen, denn rund um sein Einstandsgebiet fanden wir ihre Fährten. Er ahnte wohl etwas von der Gefahr. Wir lockten ihn mit etwas Hafer im Blecheimer, er führte fast einen Freudentanz auf und rieb mit wahrer Begeisterung seinen Kopf an unseren Schultern. Im leichten Trab ging er dann die 25 Kilometer zurück zur Ranch, angebunden am Außenspiegel unseres Autos.

Ende November nahmen wir Abschied vom Yukon, Abschied von unseren lieben Gastgebern. Leider hat Werner dann sein Versprechen »Arbeit ja, Dollars nein« nicht gehalten. Ich bekam einen Scheck über 1200 Dollar und Edith einen herrlichen Westernsattel. Wir hatten unsere Prägung weg, leben im Blockhaus und hatten über viele Jahre eigene Pferde und ließen den Sattel nicht verstauben. Um ihn auf keinen Fall auf unserer Heimreise zu verlieren, wurde er kurzerhand als Handgepäck deklariert. Mit unserem äußeren Outfit, noch immer der Wildnis verhaftet, und diesem Sattel zählten wir wohl zu den Exoten in der Maschine. Auch schließe ich nicht aus, dass ein wie auch immer gearteter Stall- und Pferdegeruch uns umgab und für eine gewisse Abstandshaltung sorgte.

Die feinen Geschäftsreisenden im noch feineren Tuch machten wahrhaftig einen Bogen um uns. Der Nachbar zu meiner Rechten bat gar die Stewardess um Zuweisung einer etwas entfernteren Sitzmöglichkeit, mit

»echten« Cowboys und Cowgirls hatte er wohl nichts im Sinn, eben ein richtiger Banause.

Zum Ausklang des außergewöhnlich harten Winters erreichte uns dann noch die Nachricht, dass keines der fünf Pferde aus Alberta den Winter überlebt hatte, mein Smoky nicht und auch nicht der Schimmel, der im Oktober noch den Wölfen entkommen war.

Ein wunderschönes Aquarell im Flur unseres Blockhauses erinnert uns jeden Tag an die rauen Tage im Yukon. Es zeigt unser Camp, bezeichnenderweise das Küchenzelt und davor ein Packpferd mit einem verschnürten Elchgeweih. Unterzeichnet ist es mit »Waidmannsgruß, Hannes Liederley, 1972«. Er war einer unserer ersten Gäste am Jeff Lake, schoss seinen Elch schon in den ersten Jagdtagen und genoss danach die Farbenpracht des Indianersommers in vollen Zügen. Viele Stunden saßen wir im – jetzt kommt's – Küchenzelt bei Kaffee und Blaubeertörtchen. Dabei bat ich ihn um eine kleine Bleistiftskizze als Erinnerung. Er: »Nein, wenn, dann richtig.«

Weihnachten 1972 in Deutschland. Die Post lieferte eine Papprolle und heraus kam der Indianersommer von 1971, welch eine Freude!

Volle 25 Jahre später kreuzten sich unsere Wege erneut, doch wir merkten nichts davon. Er jagte auf Rehbock in einem verpachteten Gemeindewald meines Forstrevieres im Odenwald. Per Zufall erfuhr ich später an einem Jägerstammtisch vom Pächter den Namen eines seiner Jagdgäste, Hannes Liederley, schade.

… ging zurück zu den Wurzeln …

9

Südsudan, Hauptberuf Förster, Wildhüter als Nebenjob

Herrliche Hubertusjagd 1974 im hessischen Forstamt Mörfelden. Doch trotz besten Wetters und bunter Strecke, mit meinen Gedanken war ich schon nicht mehr bei der Sache. Am Vortage wurden meine Kisten abgeholt und mit ihnen die »Elfkommaundetwas«, eine 30.06. und die schon bekannte 12er-Flinte. Zurück bei der Hubertusjagd blieb der wenig geführte Drilling, und so kam, was ja kommen musste. Mehrmaliges Vor- und Zurückschieben diverser Klappen und Schieber, Sau zurück und Has nach vorne, Brenneke rein und Brenneke raus. Der dann anschnürende Fuchs muss über meinen und den Zustand des Drillings informiert gewesen sein, wie sonst wäre er ausgerechnet bei mir gekommen?

Schon frühzeitig, was eigentlich nicht so meine Art ist, verdrückte ich mich vom Schüsseltreiben, um letztmalig Pässe und Impfscheine sowie alles, was der Zoll nicht unbedingt beim ersten Blick erspähen sollte, auf Anwesenheit bzw. auf den Zustand der Tarnung hin zu überprüfen. Es konnte losgehen, als Förster für zwei Jahre in den Südsudan.

Um ehrlich zu sein, ich wusste vorher auch nicht, dass es in diesem Teil Afrikas richtige Bäume, gesehen natürlich aus dem rein forstlichen Blickwinkel, geben sollte. Von dem stark sandhaltigen Norden des Sudans und dem stark wildhaltigen Süden hatte ich ja schon gehört, aber richtiger, das Försterherz erfreuender Wald?

Einige wenige Daten und Fakten zum Land Sudan. Etwa die zehnfache Größe Deutschlands. Der Norden arabisch geprägt, der Süden, getrennt vom Norden durch die Nilsümpfe, afrikanisch und christlich-heidnisch geprägt. Der Süden suchte die Unabhängigkeit und führte Krieg über etwa 16 Jahre, Friedensschluss so um 1972.

Danach kamen viele Hilfsorganisationen in den Süden, um beim Wiederaufbau zu helfen. Unter anderem ein Projekt der BRD zur Unterstützung der südsudanischen Forstverwaltung. Die wesentlichen Ziele dieses Projektes waren neben der Aufforstung auch die Nutzung der schon seit etwa 1900 begründeten Waldbestände, der Transport des Stammholzes zu einem noch zu errichtenden Sägewerk, der Transport von dort zu einer noch zu bauenden Schreinerei in der Hauptstadt Juba.

Als eine Aufgabe mehr am Rande wurden die forstlichen Mitarbeiter mit den Obliegenheiten eines Game-Warden betraut. So wurde ich zum Game-Warden ernannt und gab dann auch gleich beim ersten Einsatz um Haaresbreite den Löffel ab. Doch davon später.

Wir begannen in Juba mit dem Bau einer Schreinerei inklusive eigener Stromversorgung für die Maschinen. Gewohnt wurde für die ersten sechs Monate im Juba-Hotel, dem einzigen Hotel am Platze. Gewichtsverlust meinerseits in diesen Monaten: exakte 25 Kilogramm. Es gab nichts, rein gar nichts. Bis auf Reis mit gekochtem Hammel und Hammel mit Reis. Der fast in Sichtweite fließende Nil brachte zur Abwechslung Nilbarsch auf den Tisch. Einen Fisch, bei dem zwei Träger kaum ausreichen, um einen (1!) davon in die Küche zu tragen. Seit ich den ersten dieser Gattung sah, habe ich keinen Fuß mehr in den Nil gehalten!

Diesen Fisch gab es dann bis zum bitteren Ende. Die letzten Reste dann zum Frühstück als Frikadelle mit Zimt bestreut. Eine wahrhaft wilde Zeit. Vor lauter Kohldampf saßen wir oft am Nil und kauten Zuckerrohr, eingelegt in Cinzano, den wir uns bei der Einreise im Duty-free-Shop von Khartoum an Land ziehen konnten.

Duschen im Hotel war nur möglich, wenn den Wasserpumpen am Nil nicht gerade der Diesel ausging. Meist passierte dies nach dem Einsei-

1975, Süd-Sudan, Edith mit Wüstenluchs

fen, leichtes Blubbern in Verbindung mit einigen Ameisen, die aus dem Duschkopf kamen. Matratzen aus Schaumstoff und um Mitternacht noch 39° im Zimmer. Lag man länger als zwei Stunden auf einer Seite, dann stand das nach oben zeigende Ohr voller Wasser. Doch das Hotel hatte auch seine guten Seiten. Es gab ein Schwimmbad, nur an Wasser darin konnte sich niemand mehr erinnern. Am Grund des Beckens stand ein massiver Holzklotz, auf welchem der besagte Hammel sehr fachgerecht mit einer alten Axt »zerwirkt« wurde. Alle Brocken hatten dann in etwa die gleiche Größe, was neidlos anerkannt werden musste. Weiterhin konnte man im eigenen Zimmer zwei Wüstenluchse großziehen, wo sonst ginge das?

Auf unserer Baustelle stand unvermittelt ein älterer Mann vor uns, in den Händen eine geflochtene Basttasche mit zwei winzigen Luchsbabys darin. Es konnte eigentlich nur klappen. Hätten wir sie nicht genommen, so wären sie sicherlich »entsorgt« worden. Tagsüber waren sie bei uns auf der Baustelle und den Rest des Tages im Hotelzimmer. Aufgepäppelt mit Milch aus der Hotelküche, verabreicht per Einwegspritze, und mit vielen guten Tipps eines bekannten Wildbiologen der Universität Gießen, welcher glücklicherweise zum richtigen Zeitpunkt am richtigen Ort war. Er selbst aber war skeptisch, was die Überlebenschance der beiden Luchse betraf. Nichts dergleichen, sie haben uns bis zu unserem Abschied nach zwei Jahren viel Freude bereitet.

Nach sechs Monaten stand die komplette Schreinerei mit Trockenhalle, Fertigungshalle, Generatorhaus und Bürogebäude. Zur Einweihung kamen Staatspräsident Numeri und der deutsche Botschafter. Der Akt der Einweihung ging wie folgt vor sich: Unser Stromgenerator, angetrieben von einem 6-Zylinder-Diesel ohne nennenswerten Auspuff (!), wurde von uns vorher auf Betriebstemperatur gebracht und dann ausgeschaltet. Der Präsident stand dann am Starterknopf – neben sich den nicht vorhandenen Auspuff – und drückte nach einer würdevollen Ansprache auf den Knopf. Was dann abging, ist Dieselfachleuten eher verständlich. Der Herr Präsident machte mindestens einen Satz von 1,5 m nach oben, als die 6 Zylinder ihr Feuer aus dem »Flammenrohr« bliesen, und wir sahen uns schon als Attentäter verhaftet. Es war richtig schön, zum Abschied vom Botschafter gab es dann im Bürogebäude noch eine Flasche Riesling, gut erwärmt auf ca. 35° und kredenzt im Maßbecher meiner Frau, einer Leihgabe aus unserem Hausrat, Gläser waren nicht auffindbar.

Unsere Abreise in den Sudan erfolgte ein wenig Hals über Kopf. Der damalige Entwicklungshilfeminister Bahr weilte in Khartoum und wollte uns in der Botschaft treffen. Das Treffen kam zustande und ich muss sagen, es war ein, zumindest für mich, lehrreicher Nachmittag. Nix Blabla, der Mann hatte Ahnung vom Geschäft, kannte unsere Aufgabenstellung, fragte uns Löcher in den Bauch, ich war begeistert. Doch alles hat zwei Seiten. Wir dackelten, in Schlips und Anzug, bei etwa 40° in die Botschaft, schmorten im eigenen Saft und wurden von Botschafter und Minister herzlich empfangen. Beide natürlich ohne Schlips und Anzug und die Ärmel waren hochgekrempelt. So was prägt ein Leben lang, und gegrinst haben sie auch noch!

Da unsere Fahrzeuge noch nicht vom Hafen in Mombasa (Kenia) eingetroffen waren, schoben wir die ersten Tage etwas Langeweile, ergatterten einen alten Landrover der Forstverwaltung und besuchten unser eigentliches Projektgebiet im Südwesten der Provinz Equatoria, so etwa 165 Kilometer von Juba entfernt. Dazwischen lag Loka, wo wir das Sägewerk errichten sollten, inklusive einer Kfz-Werkstatt. Dieser Ort wurde dann zur Wirkungsstätte für unseren Sägewerkstechniker und unseren Kfz-Techniker. Beide von der Sorte »Geht nicht, gibt's nicht«!

Ein Vermögen für eine Filmkamera, die ich wohl hatte, nur nicht bei dieser Fahrt. Wir machten auf dieser Tour nach Kagelu etwa auf halber Strecke eine kurze Rast unter einer Palme, mit freiem Blick auf die Sandpiste. Kurz zur Sandpiste einige Worte der Erläuterung. Sie besteht eigentlich nur aus Löchern jeder Tiefe und Breite. Bei Sonnenschein nur Staub, bei Regen nur Schlamm. Jeder sucht sich die vermutlich beste Spur aus. Dazu kommt noch »Wellblech« der übelsten Sorte. Hierbei ist die Fahrbahn mit Querrinnen übersät, welche immer quer zur Fahrtrichtung liegen. Sie entstehen durch nachwippende bzw. defekte Stoßdämpfer auf zuerst feuchter Fahrbahndecke. Bei Regen werden die Rillen immer stärker ausgewaschen und sie ähneln dann immer mehr einem Wellblechdach, daher der Name. Anfahren auf diesen Querrinnen ist fast unmöglich, ebenso das Lenken. Erst ab 45 bis 50 km/h überfliegt man quasi die Delle und berührt dann nur noch die Krone der Rinne. Alles in allem eine ausgesprochen werkstattfreundliche Fahrbahn.

Doch diese Pisten haben noch eine besondere Eigenart. Das häufigste Transportmittel sind die Füße und Fahrräder der Leute. Sie benutzen natürlich immer die glatten Flächen der Piste, und so bildet sich ganz schnell ein wunderschöner Pfad, glatt wie ein Kinderpopo und dies egal ob links, rechts oder in der Mitte der Straße, Hauptsache glatt.

Und so saßen wir da unter der Palme und tranken einen Schluck Wasser aus dem kühlenden Leinensack. Wir beobachteten, wie zur Linken ein Fahrradfahrer im flatternden weißen Umhang, auf seinem original chinesischen Rad der Marke Taube seinen glatten Pfad befuhr. Auch er hatte uns fest im Blick, hatte doch dort unter der Palme die letzten 50 Jahre keiner eine Rast eingelegt, zudem noch hellhäutig! Weiterhin beobachteten wir, wie zur Rechten ein Fahrradfahrer im typisch weißen Umhang, flatternd im Wind, auf seinem ebenso original chinesischen Rad der Marke Taube (es gab gar keine anderen!) seinen glatten Pfad befuhr. Auch er hatte uns fest im Visier, mit all den hinreichend bekannten Gedanken. Sie ahnen, was jetzt kommt? Wir ahnten es auch, ganz ehrlich. Es geschah dann genau vor unseren Augen, auf einer Sandpiste, die mindestens zehn Meter breit war. Von einer Sekunde zur anderen kam es zum »Treffen« zweier Radfahrer. Die lautesten Lacher kamen aus Richtung der Palme, doch auch die beiden Unglücksraben nahmen es auf die fröhliche Art und radelten, ohne größere Blessuren, von dannen.

Wir erreichten ohne weitere »Zwischenfälle« unser künftiges Domizil, d. h. was der Bürgerkrieg noch übrig gelassen hatte, und waren begeistert. Richtiger Wald empfing uns. Ein schönes Dorf inmitten von uralten Ölpalmen, Mangobäumen und einer Allee mit riesigen Eukalyptusbäumen. Etwas abseits die Gebäude der Forstverwaltung inklusive unseres »Wohngebäudes«. Ein Steinhaus mit großer Veranda und leeren Fensterhöhlen. Das Dach war eingebrochen und verteilte sich gleichmäßig auf die Zimmer. Ruß an den Wänden zeugte von dem einen oder anderen Brathuhn, welches windgeschützt im Wohnzimmer gebräunt wurde. Aber davon später. Am gleichen Tag ging es die Wellblechpiste wieder zurück nach Juba, diesmal ohne Pause, wir wollten ja keinen zweiten Crash verursachen!

Einige Monate vor unserer Abreise hatte einer von unseren »Geht nicht, gibt's nicht« bereits eine ganz abenteuerliche Erkundungsfahrt in den Südsudan unternommen. Er fuhr von Nairobi durch den Nordwesten Kenias über die grüne Grenze in den Sudan und von Juba über Loka nach Kagelu, um eine Aufstellung über unseren Materialbedarf zu machen.

Da fand sich dann auch ein Posten Glasscheiben, natürlich Fensterkitt und Glasschneider. Manfred dachte eben an alles. Er wusste, dass die Forstleute in Kagelu die Fenster (holländische Butzenfenster aus Metall, nur ohne Glas, Baujahr um 1900!) vor dem Bürgerkrieg in Sicherheit gebracht hatten. Um es kurz zu machen, 174 Miniischeiben mussten wir schneiden und einkitten, alle Finger waren zerschnitten und mit Pflaster verklebt, aber wir hatten es geschafft. Vor lauter Stolz wäre ich gerne die Savanne rauf und runter gelaufen, doch in Kagelu hat's nur Wald.

Nach sechs Monaten Aufbau der Schreinerei in Juba zogen wir dann nach Kagelu, bauten Zelte auf, lebten sechs Monate in ihnen und bauten in dieser Zeit »unser« Wohnhaus wieder auf. Es genügen nur wenige Worte, um unsere Zeit in Kagelu zu beschreiben. Wir waren in kürzester Zeit ein Teil von Kagelu, wir gehörten einfach dazu. Wir hatten noch nicht einmal einen Schlüssel, um unser Haus des Nachts vor bösen Buben zu verschließen. Der spätere Abschied von ihnen zählt zu meinen tiefsten Empfindungen und noch jetzt, nach 36 Jahren, kann ich beim Schreiben dieser Zeilen meine Tränen nicht verbergen. Ich bedaure zutiefst, dass bei uns das Bild von Afrika doch sehr weitgehend von negativen Berichten geprägt wird, von Korruption, von Völkermord, von Blutdiamanten und anderen Grausamkeiten. Sie sind leider zutreffend, doch das Afrika, welches ich erleben durfte, hat auch eine zutiefst schöne Seite.

Sie merken es schon, ich verliere den Faden, vergesse ganz die Jagd. Fast wäre meine Geschichte ja schon zu Beginn meiner Tätigkeit als Wildhüter (so richtig mit Pass und polizeilichen Befugnissen) beendet worden, bevor sie überhaupt begann.

Kurz zum Jagdrecht. Die Jagd für die Sudanesen war frei, soweit nur Pfeil und Bogen sowie Speere zum Einsatz kamen. Personen mit Gewehren mussten eine Jagdlizenz erwerben und hatten dann eine gewisse Anzahl von Steppenwild frei, für die großen Sachen mussten separate Lizenzen gelöst werden. Berufsjäger konnten ebenfalls Lizenzen lösen und mit ihren Gästen die Jagd ausüben. Dieses Jagdrecht war in den mir bekannten Jagdländern weitestgehend gleichartig. So war die Jagd auch mit Netzen und Feuer verboten.

Gleich in den ersten Tagen zog eine gewaltige Mannschaft zu Fuß am Forstamt Kagelu vorbei, schwer beladen mit gewaltigen Netzen, sicherlich nicht zum Fang von Schmetterlingen. Wir überzeugten sie, dass dies verboten war und noch viel verbotener in unserem 700 ha großen Teakwald. Sie sahen dies ein und änderten die Richtung, in der Hoffnung, dort nicht auch solche »jagdfeindlichen« Forstleute zu treffen. Nur ein Satz zum Einkommen der Leute. Die bei uns beschäftigten Waldarbeiter schufteten einen vollen Tag für den Gegenwert von drei Eiern! Wetten, dass ich auch Netze aufstellen würde?

Dann ein absolutes Schlüsselerlebnis. Gerade habe ich in der Presse einen von amerikanischen Soldaten benutzten Ausdruck dafür gelesen, der »alive day«. Der ging bei mir wie folgt: Ich fuhr nach getaner Arbeit aus dem Forstrevier und traf noch weit vor Kagelu, aber noch innerhalb des Teakwaldes, einen verwegen aussehenden Burschen mit einer alten englischen Militärknarre. Ich stieg aus, bewaffnet mit meinem verschwitzten Hütchen, und fragte, was er denn hier mache, hier sei die Jagd nicht erlaubt. Er sagte, dass mich dies einen Dreck angehe, nahm seine Büchse hoch und hielt sie mir an den Bauch, Finger am Drücker. So wahr ich hier sitze, mein erster Gedanke: »Hoffentlich hat er Vollmantel geladen.«

Ich weiß nicht, wie lange er vor mir stand, bevor er sich wortlos umdrehte und zwischen den Bäumen verschwand. Ich fuhr mit Gummiknien und leerem Kopf nach Hause. Meine Frau erkannte auf Anhieb den »alive day«, ich muss weiß wie eine frisch gekalkte Wand ausgesehen haben, unfähig, auch nur ansatzweise klar zu denken.

Chief Charles, Kagelus Häuptling und nebenbei Richter in Juba, nahm sich der Sache an und versicherte mir, dass der Knabe nicht die Absicht gehabt habe abzudrücken und auch niemals mehr im Teakwald auftauchen werde. Der kurze Dienstweg macht's möglich.

Noch ein Satz zu Chief Charles. Mein Bruder besuchte uns in Kagelu, im Schlepptau unseren Vater im Alter von 74 Jahren. Chief Charles erfuhr von unserem Besuch und lud zu einer kleinen Begrüßungsfeier in sein schönes Rundhaus ein. Außerhalb seines Hauses lautes Palaver, Palaver wurde lauter und sogar etwas hektisch. Eine seiner Ziegen war in die große Gemeinschaftstoilette gefallen und wurde mit vereinten Kräften auf »trockenen« Boden gerettet. Kaum stand sie wieder, spurtete sie auch schon mitten in unsere Gesellschaft hinein! Wir bekamen vor lauter Lachen kaum noch Luft, mein Vater nebst meinem Bruder ebenfalls, nur nicht vom Lachen! Sie erlitten wohl einen leichten Kulturschock. Als mein Vater später noch mit uns einen Marktbesuch im nahen Yei machte und dort vor unserem »Lieblingsmetzger« verzweifelt das Fleisch »anzusprechen« versuchte und es vor lauter Mücken nicht sah, ab dieser Minute wurde er zum Vegetarier.

Die Jagd spielte eigentlich keine Rolle, die forstlichen Arbeiten dominierten eindeutig das Geschehen vor Ort.
Doch ab und zu musste eingeschritten werden. Insbesondere wenn morgens schon vor Sonnenaufgang ein Bauer am Schlafzimmerfenster klopfte und um Hilfe bat. Jetzt war Wildschadenverhütung angesagt, was so viel hieß wie Kampf gegen die eigene Verwandtschaft!
Eine Familie lebt in etwa von dem landwirtschaftlichen Ertrag von einem Hektar Land, und hier ganz besonders vom Mais (auch Hirse und Maniok), welcher als gerösteter Kolben verzehrt wird – unser abendliches Knuspergebäck am Lagerfeuer – oder zu Maismehl verarbeitet wird. Dieser Mais schmeckt dem Menschen nebst seiner Verwandtschaft, dem Affen. Bei selbigen handelte es sich in erster Linie um Paviane – die auch Fleisch nicht verschmähen – und am Rande auch um die schönen schwarz-weiß gefärbten Colobus-Affen, bei denen ich immer vermutete, dass sie auf einer alten 250er BMW durch die Baumkronen knatterten, ihre Laute erinnerten frappierend an diese alten Motorräder.
Kommt nun so eine Sippe Paviane mit bis zu 30/40 Häuptern auf den Geschmack, so nagen der Bauer und seine Familie am Hungertuch. Also den armen Schlucker auf den Sozius meiner kleinen Enduro und ab über die schmalen Fußpfade zum Maisfeld. Mit der 30.06 wurde dann ein Mitglied der Bande erlegt, das Feld wurde über Tage nicht mehr überfallen und der Bauer freute sich über einen frischen Braten, Verwandtschaft hin, Verwandtschaft her. Das klingt alles so wie bei uns die Sache mit

der Saujagd im Mais, hat aber einen Haken, und was für einen! Die Affen reagieren auf den Schuss anders, sie reagieren wie Menschen. Ist der Schuss nicht tödlich, dann verflucht man die Jagd, würde das Gewehr am liebsten im Fluss versenken. Ich sah einen starken Pavian, der sich ein Stück Darm aus der Schusswunde zog, der mit aufgerissenen Augen nach unten schaute. Ich schoss, was das Magazin hergab. Ich wollte nie mehr eine Waffe angreifen. Herr im Himmel, verzeih mir! Und doch bin ich wieder mit den Bauern zu ihren Maisfeldern gefahren, und doch habe ich wieder geschossen.

Bauern baten mich auch um Schutz vor Elefanten. Sie hätten ihren Weiler verwüstet und sie kämen jede Nacht auf ihre Felder. Ich fuhr mit ihnen zu dem, was von ihrem Dorf noch übrig war, etwa 30 Kilometer von unserer Forststation entfernt. Bei ihren Schilderungen glaubte ich ihnen zuerst kein Wort, doch alles entsprach der Wahrheit. Sie kämen nur nachts, würden die Felder verwüsten, die Bäume neben den Hütten, und selbst die Hütten und Vorratsspeicher würden sie plündern. Vor Angst waren die Leute, etwa 30 an der Zahl, zu Verwandten und Bekannten in der Umgebung geflüchtet.

Klare Sache. Robin Hood, Rächer der armen Bauern, würde die Sache ins Reine bringen. Zudem war Vollmond und so fuhr Robin Hood in der nächsten Nacht zu dem kleinen Weiler, bewaffnet mit meiner Repetierbüchse im Kal. 458 (ohne Glas) und einer Taschenlampe. Den mitgebrachten Safaristuhl platzierte ich an einer noch intakten Hüttenwand, nahm Platz und wartete. Je länger die Nacht wurde, desto kleiner wurde Robin in seinem Stuhl. Die Gedanken liefen ein wenig Amok: Was ist, wenn so 10 bis 15 Dickhäuter Kurs auf den Stuhl nehmen? In die Luft schießen, einen mit Kopfschuss erlegen? Bei Sonnenaufgang war von Robin im Stuhl fast nichts mehr zu erkennen. Fazit: Die Elefanten hatten noch mal richtig Glück gehabt!

Eine Erkundungsfahrt führte uns auf die östliche Nilseite, dies mit dem Hintergedanken, unser Dörfchen Kagelu mit einem Auto voller Fleisch zu versorgen. Unser Auto ist hier ein Unimog Doppelkabiner nebst Pritsche! Die östliche Nilseite hat mehr Savannencharakter, sehr trocken, kaum bewohnt, aber viel Wild. Das war auch den Soldaten in Juba bewusst und auch sie hatten ein Auto (alter Faun der deutschen Bundeswehr, Maschinengewehr auf dem Führerhaus) und jagten dort. Mein Einschreiten als Wildhüter war da weniger gewünscht und von mir auch nicht so richtig gewollt, *safety first*.

Zum besseren Verständnis, das von mir erlegte »Fleisch« wurde ordnungsgemäß auf meiner Jagdlizenz verbucht, ganz ehrlich. Robin Hood lügt nie!

Mit bei der »Fleischsafari« waren noch drei unserer sudanesischen Mitarbeiter. An Ausrüstung vier Feldbetten, lange Stricke, kein Zelt.

Ich erlegte mehrere Riedböcke aus schier endlosen Ansammlungen. Ich habe nie vorher etwas über derartige Mengen an Riedböcken gehört oder gelesen, die ja ganz stark an das Wasser gebunden sind. Meine drei Mitstreiter schnitten das Fleisch in dünne Streifen und hängten es ohne jede Behandlung zum Trocknen auf die aufgespannten Sisalschnüre. Durch die Sonneneinstrahlung und die sehr geringe Luftfeuchtigkeit bildet sich in kürzester Zeit eine dunkle und feste Außenhaut, es entsteht das dann haltbare Trockenfleisch.

In nur zwei Tagen war unser »Auto« voll mit Fleisch beladen, inklusive der noch frischen Teile der letzten Nachmittagspirsch.

Inmitten der gespannten Schnüre wurden die Betten aufgestellt und als Mittelpunkt prasselte ein kräftiges Feuer. Es gab ausreichend Grillfleisch mit Bananen. Ein Nachteil der Nähe zum Äquator ist diese doch sehr unglückliche Regelung mit 12-Stunden-Tag und 12-Stunden-Nacht und dies zu allem Übel noch das ganze Jahr lang. So spätestens um 19.00 Uhr ist es zappenduster und ab dann muss das Feuer auf Trab gehalten werden und auf Hyänen und sonstige Fleischfresser sollte man bis Sonnenaufgang wohl achten. Wir lagen ja wahrlich mitten im Fleisch! Also wurden Wachen eingeteilt, jeder zwei Stunden, Feuer nachlegen, auf hungrige Augen achten etc. Dies ging so bis Mitternacht recht gut, danach schlief die Rasselbande bis Sonnenaufgang den Schlaf der Gerechten, siehe unter Robin!

Unsere Rückkehr am dritten Tag nach Kagelu war ein Schauspiel der besonderen Art. Man hörte unseren Unimog schon aus etwa drei bis vier Kilometer Entfernung (mangels jeglicher zivilisatorischer Nebengeräusche kein Kunststück) und stand vollzählig versammelt vor dem Forstamt. Ich schwöre als Mr. Hood, ich hatte noch den Fuß auf der Bremse, da war der Unimog schon entladen, bis auf den letzten Krümel! Also, wenn es um Hunger geht, ich kann mitreden. Erfahrung ist alles.

Es war eine herrliche Jagd für einen noch schöneren Zweck. Zur Feier wurden einige »Knusperstangen« an das Lagerfeuer gesteckt und Honigwein aus eigener Herstellung kredenzt. Leider konnte ich das Rätsel der Herstellung dieses tollen Getränkes nicht vollständig entschlüsseln. Wir brauten das Zeug ja selbst, doch zu sechs Teilen Wasser und einem Teil Honig kam noch eine Tasse unbekannten Inhalts, zu erwerben in jeder Straußwirtschaft (ja, so was gibt's tatsächlich!) und vom Boden eines Tontopfes geschöpft. Natürlich eine Hefe, aber niemand verriet uns die Grundsubstanz, vermutlich Hirse, da immer kleine Körner in dem Sud waren.

Also Honig, Wasser und die Hefe in einen Wassereimer, Tuch darüber und den Eimer auf das Blechdach unseres Hauses. Nach drei Tagen ist der Gärprozess beendet, das Zeug sieht aus wie Bier, schmeckt klasse und haut dich glatt aus den Socken! Es gibt da noch so ein Gebräu aus zerkauter Banane, sieht aus wie vier Wochen altes Waschwasser, roch auch so ähnlich, aber ich gestehe, ich habe es nicht probiert, es muss ja auch noch Geheimnisse geben.

Von einem letzten Jagdausflug ist noch zu berichten, eigentlich nur ein Besuch in einem kleinen Sägewerk etwa 90 Kilometer von Kagelu. Wir waren auch dort zuständig, wussten aber lange nicht, dass es dort überhaupt so etwas wie ein Sägewerk gab. Wir nahmen eigentlich immer an, dass es dort überhaupt keinen nutzbaren Wald gibt, weit gefehlt. Wir erreichten so gegen 10.00 Uhr das »Sägewerk«, ein uraltes sogenanntes Lokomobil, wo mit Dampf eine Vielzahl von Treibriemen eine mächtige

Kreissäge antrieb. Dies wäre wahrhaft etwas für unseren TÜV gewesen, da wäre sicherlich zu beobachten gewesen, wie ein gestandener TÜV-Prüfer beim ersten Augenschein in Ohnmacht fällt. Alleine schon die vielen fehlenden Finger der Bedienungsmannschaft ließen einen guten Rückschluss auf Sicherheit am Arbeitsplatz zu, sie war nicht vorhanden.

Die Hälfte des eingeschnittenen Holzes ging für den Kessel der Dampfmaschine drauf, aus der anderen Hälfte wurden Eisenbahnschwellen geschnitten, wobei die nächste Eisenbahnstrecke wohl 1000 Kilometer entfernt war. Dies alles mitten im Nirgendwo und auch noch funktionierend, ganz unheimlich.

Da wir gut in der Zeit waren und der Rückzug auf relativ guter Piste nur etwa zwei Stunden dauern würde, wollten wir noch eine kleine Fußpirsch durch den Wald machen, der sich gänzlich von unserem Teakwald unterschied. Kurzes Gras und Buschwerk, dazwischen eingestreut einheimische Baumarten mit schönen Stammformen, ein ideales Gebiet, um zu Fuß zu jagen. Ortskundige Führung versprach Erfolg, ebenso meine Ankündigung, ein ausgezeichneter Schütze zu sein. So gegen 14.00 Uhr zogen dichte Wolken auf, alles versank in einem bleiernen Grauton, die ersten Tropfen fielen, also Rückmarsch zum Auto. So eine Stunde später war Folgendes klar: Mein Führer wusste nicht mehr, wo wir waren, und ich schon gar nicht. So gegen 19.00 Uhr gaben wir auf, komplett durchnässt und die Schuhe randvoll mit Wasser. Mit den letzten Streichhölzern brachten wir ein Feuer zum Laufen und mussten wenigstens nicht mit den Zähnen klappern, dafür knurrte der Magen umso vernehmlicher.

So gegen 5.00 Uhr dann in der »extremen« Ferne von maximal 500 Metern ein Hahnenschrei, selten hörte ich einen so schönen Schrei, ich hätte ihn küssen können! Da lagen wir nur 500 Meter vom Weiler des Sägewerks entfernt im Regen und ahnten nichts von unserer Rettung. Hätte dieser blöde Hahn nicht am Abend auch einmal krähen können, ich könnte ihn noch heute enthaupten oder so ähnlich.

Im Weiler bekamen wir dann von der Gattin unseres Führers Kaffee nebst gebackenen Eiern, ein Genuss, mit Worten nicht zu beschreiben. So um 9.00 Uhr waren wir dann wieder an unserem Unimog, wo uns noch zwei Mitfahrer sehnsüchtig erwarteten. Sie wollten den Pirschgang nicht mitmachen und machten es sich in der Kabine gemütlich, während wir gewaschen wurden. Ich saß gerade auf dem Trittbrett des Unimog, um meine aufgeweichten Füße zu verpflastern, als unser zweiter Unimog mit dem Chef am Steuer um die Ecke bog. Er hatte uns vermisst und war »ausgeschwärmt« und kam mit dem besten Proviant aller Zeiten, einer Flasche Bier aus Zaire – reimt sich sogar! Die Welt hatte uns wieder. Noch ein Wort zum Bier, unserem einzigen Luxus, den wir uns leisteten, anderen Luxus gab es eh nicht. Kein frisches Mineralwasser, kein Cola, keine Butter, keine Margarine, keine Wurst, keine Kekse, auch keinen Schnaps, nur Bier aus Zaire. Es wurde wirklich in Zaire gebraut, schmeckte wirklich gut und kam per Fahrrad gut 200 Kilometer (*one way*!) zu uns. Ein Fahrrad der allseits schon bekannten Marke fasste zwei Holzkisten mit 40 Flaschen zu je 0,7 Liter. Die Ladung kostete umgerechnet etwa 60 Euro, ein kleines Vermögen. Die »Ware« kam immer in tiefster Nacht über die nur 25 Kilometer entfernte Grenze und wurde per Klopfzeichen am Schlafzimmerfenster angekündigt. Abgabe der vollen Kisten nur gegen Rückgabe von Leergut, ohne Leergut keinen »Stoff«! Dann ging die Fahrt die 200 Kilometer zurück, Ferntransportsystem à la Südsudan.

Noch zwei kleine Geschichten von der Jagd im Forstrevier sind der Erzählung wert. Ich nehme für mich in Anspruch, den ersten Hochsitz im Sudan gebaut zu haben, und diesen auch noch aus massivem Teakholz – dafür einmal rauf und runter – mit stolz geschwellter Brust – in der bekannten Savanne.

Dass man einen Hochsitz komplett aus Teakholz baut, hat einen recht verständlichen Grund, es gab nur Teakholz in passender Stangenqualität – o. k., nur einmal durch die Savanne.

Viel komplizierter war die Beschaffung von Nägeln, zumindest gerade dann, wenn man sie dringend braucht. Der lokale Markt in Yei bot »Second-Hand-Nails« an, meist einzeln und in unterschiedlichen Längen. Doch ich bekam eine ausreichende Zahl zusammen und so entstand die erste Kanzel im Sudan. Sie stand inmitten unserer ersten großen Aufforstungsfläche, wo sie mit etwas Glück noch heute steht, nun aber zwischen über 35-jährigen Teakbäumen, sofern der später folgende Bürgerkrieg nicht alles wieder zunichtegemacht hat.

Zwei winzige Trophäen an der Wand erinnern mich immer noch an die aufregende und gefährliche Jagd in den Teakplantagen. Die Blätter der Teakbäume eignen sich ob ihrer Größe fast als Ersatz für einen Regenschirm. Sie werden natürlich auch dürr, fallen ab und bilden eine mächtige, staubtrockene Laubauflage auf dem Boden. Pirschen unmöglich, Waldbrandgefahr extrem hoch. Also Ansitz mit Stuhl auf einer leichten Anhöhe inmitten des Teakwaldes und warten, was da so alles kommt bzw. nicht kommt. Es fängt an zu krachen und bersten, erste Gänsehaut stellt sich ein, Jagdfieber breitet sich aus, es sind bestimmt mehrere Büffel im direkten Anmarsch, den Stuhl schon im Blick! Da, weit vorne, die erste Bewegung. Glas hoch, oje, oje, was kommt denn da! Blauducker, 30 bis 40 cm Schulterhöhe und ein Gesamtgewicht von etwa 5 bis 6 kg, das Haupt mit den zwei Spießen mit imposanten 3 bis 4 cm Länge gesenkt und zum Angriff bereit. Sie kennen es ganz sicher, Ansitz im stillen Revierteil und dann eine verdammte Maus hinter der Leiter, es hätten ja auch die Sauen sein können. Aber egal, auch die Blauducker wurden überrumpelt und der menschlichen Ernährung zugeführt.

Der Abschied rückte immer näher. Unsere beiden, fast handzahmen Wüstenluchse wurden ausgewildert. Kagelu veranstaltete noch ein rauschendes Abschiedsfest mit Tanz um ein mächtiges Feuer vor Chief Charles' Haus, mit Bananenbier aus 20-Liter-Kanistern. Am Tag danach verließen wir Kagelu mit Sonnenbrillen vor den Augen, es sollte ja nicht jeder unsere Tränen bemerken.

... und endete ganz verrückt ...

10
Jungjägerkurs unter erschwerten Bedingungen in …

Herbst 1986, Anchorage in Alaska, kurze Zwischenlandung auf halbem Weg zu einem Jungjägerkurs, dem sicherlich ersten in einem wunderschönen Land. Einem Land mit herrlichen Eichen- und Kiefernwäldern, stolzen Tannen und glasklaren Gebirgsbächen. Um welches Land es sich handelt, verrate ich natürlich erst zum Schluss der Geschichte. Raten dürfen Sie natürlich. Halt, vorblättern wird als unfaire Handlung betrachtet.

Absolut ruhig zog die Maschine zuvor über den schon schneebedeckten Yukon, wo wir 17 Jahre vorher eine ganze Jagdsaison hatten verbringen dürfen. Sie waren wohl jetzt schon mit ihren müden Pferden auf dem Weg zum warmen Blockhaus in Ross River und ich flog so einfach über sie hinweg, im Kopfhörer Countrysongs und den Hintern tief im Sessel vergraben – man gönnt sich ja sonst nichts.

Anchorage, Alaska, halber Weg zum neuen Ziel. Als Arbeitslehrer an einer Waldarbeitsschule, in einem Land mit einem Waldanteil von über 60 %, wir kommen nur in die Nähe von 40 %. Wie sagte da ein Spötter: »Das alles hättest du auch zu Hause haben können.« Unwissender, der du bist, wo kann ich im herrlich warmen Bergbach baden und meinen Durst löschen und dort – um noch einen draufzusetzen –, wo die Berge enden, am Abend bei einem kühlen Bier die Brandung des Meeres genießen? Es versteht sich von selbst, dass in diesem Land ein Winter noch ein Winter ist und Skifahren hinter dem Haus so normal ist wie Schlittschuhlaufen auf den gefluteten Feldern vor dem Haus.

Über der rustikalen Blockhütte im Trainingsrevier der Schule rauschen die über hundertjährigen Kiefern im stetigen Wind von der Ostküste, der Kuckuck ruft und im Westen grüßen schneebedeckte Gipfel bis spät in den März hinein.

Alles passte wie die sprichwörtliche Faust aufs Auge.

Die interessante Arbeit an der ersten Ausbildungsstätte dieser Art im Lande, ein schönes Wohnhaus in Sichtweite zur Schule, Meeresrauschen und Bergblick gratis dazu. Halt, beinahe hätte ich einen kleinen Bach mit gut 100 m Breite vergessen, er kam manchmal gar heftig vom Berg und endete im Meer, nachdem er in Hörweite unser Haus passiert hatte.

Ein Trainingsrevier mit etwa 2000 ha unmittelbar im Anschluss an die Schule rundete die Sache ab. Halt, noch ein Sahnehäubchen war vorhanden, ein als Welpe erworbener Jagdhund landeseigener Provenienz. Er erlangte später sogar ein wenig Berühmtheit und schaffte es dank seiner »Schönheit« auf das Umschlagbild eines dicken Hundebuches.

Doch wo war das Wild in diesem wunderschönen Land? Landschaftsprägung und Flora ließen nur einen Schluss zu, da muss es etwas geben.

Natürlich war Wild da, hierzu meine gesamte Auflistung für dreieinhalb Jahre. Gesehen wurden insgesamt sieben Rehe und eine Sau! So viel zum Thema Wilddichte.

Das Land zeichnet sich durch ganz erhebliche Leistungen in der Automobil- und Elektronikindustrie sowie im Schiffbau aus. Auf der anderen Seite die Land- und Forstwirtschaft, extrem eingeschränkt durch kleinflächige Besitzstrukturen, schwierigste Geländeausformungen – keine Eiszeit hat das Land ein wenig glattgehobelt – und schon deshalb ein wenig mehr am Ende der Fahnenstange angesiedelt. Etwa 90 % des Waldanteiles verteilen sich überwiegend auf Kleinprivatwald, die restlichen 10 % entfallen auf Staatswald.

Doch wir wollen uns ja auf die Jagd und das Drumherum konzentrieren. Das Jagdrecht ist nicht an den Grundbesitz gebunden. Oberste Jagdverwaltung ist die Forstverwaltung, die Jagd ist jeweils nur in einer Provinz erlaubt, welche jährlich wechselt. Gejagt wird auf Rehwild, Schwarzwild, Fasan, Hase und Ente.

Die Sau meines Zählergebnisses hing übrigens in einer Schlinge und wurde von uns dem Wilderer zwecks Eigenbedarf »entliehen«. Weiterhin hatte ich im Schnee »Sichtkontakt« – zum Glück nur Sichtkontakt – zu einer Saufährte, bei der mir vor Schreck fast die Mütze vom Kopf flog. Mangels Erfahrung mit Trittsiegeln dieser Güte lag meine Vermutung so bei 150 bis 200 kg, alle Achtung!

Die weit in der Landschaft verstreuten Bauernhöfe lassen eine Wilderei weitgehend gefahrlos zu. Schlingen sind bevorzugtes Mittel der Wahl, dazu kommt bei hoher Schneelage die Verfolgung des Wildes mit Schneeschuhen. Kugelwaffen waren strikt verboten, die sehr strenge Gesetzgebung duldete nur Schrotflinten. Als geduldeter Volkssport galt die Jagd mit kapitalen Druckluftgewehren, täuschend echt Pumpguns und Lever-Action-Gewehren nachempfunden. Ich gestehe, dass ich einige Zeit brauchte, um dies zu erkennen. Kein Vogel war vor diesem Unfug sicher.

Das Forstprojekt, ein Projekt der deutschen Entwicklungshilfe, bestand aus mehreren Komponenten. Der Ausbildung der Waldarbeiter, dem schwierigen Waldwegebau im Gebirge sowie der Beratung der Forstverwaltung in ihrer Zentrale. Hierbei ist es natürlich sehr zielführend, wenn man einige Entscheidungsträger des Landes in Form einer Exkursion mit den deutschen Verhältnissen bekannt macht. Sie also nach Deutschland einlädt und ihnen die forstlichen Schokoladenseiten vorführt. Sind sie davon dann auch noch angetan, so fördert dies natürlich den Fortschritt im eigenen Projekt.

So weit, so gut. Die besagten Entscheidungsträger bekamen natürlich auch jagdlich motivierte Großgatter zu sehen – und sie waren begeistert. Die Begeisterung steigerte sich offenbar bei ihrer Rückkehr noch ganz erheblich. Ihre Ansage: »So was machen wir auch.«

Wir hoben alle warnenden Finger, auf die uns ja sehr wohl bekannte Problematik eines solchen Gatters hingewiesen, die Kosten in die Waagschale geworfen, alles umsonst und so wurde ein Pilotprojekt »Wildbewirtschaftung im Großgatter« aus der Taufe gehoben, alle Kosten zu Lasten der Forstverwaltung.

In ihrem Budget wurde ein Schutzzaun für ein 700 ha großes Teilstück des Trainingswaldes eingestellt, dazu Löhne für zwei Bewacher und ein neues Verwaltungsgebäude inklusive einer »kleinen« Kühlkammer von etwa 5 x 5 m. Von der ersten Planung bis zur Schließung der Gattertore vergingen nur wenige Monate. Im ersten Schnee nach der Einweihung konnten dann sogar einige Stücke Reh- und Schwarzwild gefährtet werden.

Ein einwöchiger Kurs in Sachen Jagd für die beiden Bewacher sowie für die interessierten Forstleute sollte der Grundstein für eine – wie auch immer – geregelte Gatterbewirtschaftung sein. Die Planung nahm ihren Lauf, und ich packte in diese Woche alles hinein, was ich für sinnvoll hielt.

Ein wenig Wildtierkunde, alles rund um die nicht vorhandenen Büchsen inklusive Ballistik, Verhalten vor und nach dem Schuss, Entfernungsschätzung und, ganz wichtig, Verwertung des Wildbrets. Dazu musste natürlich eine Nachsuche mit allem Drum und Dran organisiert werden. Ein Liter Schweineblut aus dem Schlachthof der nahen Provinzhauptstadt war schnell an Land gezogen. Ich sehe noch heute die ungläubigen Gesichter im Schlachthof bei dem Versuch einer Erklärung des Begriffes »Nachsuche«.

Ein sauberer Anschuss wurde präpariert, die Fährte selbst recht kräftig gespritzt und alle drei Meter wurde eine kleine Scheibe Salami (extrem wertvolle Importware!) als Zugmittel der Wahl im Laub versteckt. Ein ausgestopfter Überläufer aus dem Forstmuseum (so was gab es tatsächlich!) wurde am Ende der Fährte so platziert, dass mein Hund ihn frühzeitig erkennen konnte. Zudem hing der Überläufer an einer Kordel und am anderen Ende der Kordel »hing« eine Hilfskraft, welche per Kordelzug die Wutz ein wenig bewegen sollte, der Dramatik wegen. Dass der Überläufer dann natürlich beim ersten Kordelzug mausetot auf den Rücken fiel, tat dem Erfolg der Nachsuche keinen Abbruch.

Meine Schüler bekamen von der Untersuchung des Anschusses bis zum gefundenen Stück eine prima Show geboten. Star der ganzen Geschichte war jedoch mein Hund, erstmalig auf einer »Wurstfährte« und gleich so erfolgreich! Den verendeten Überläufer beachtete er übrigens mit keinem Blick, das war dann doch unter seiner Würde. Er zog später noch viele Jahre seine Fährte durch ein herrliches Rotwildrevier im Odenwald und durfte noch manche Totsuche machen, ganz ohne Salami.

Nun jedoch der krönende Abschluss des Lehrganges in Sachen Jagd unter erschwerten Bedingungen. Wie lehrt man die Wildbretverwertung ohne Wild? Nun, man versucht es beim nächsten Bauernhof und schon hatten wir eine etwa 35 bis 40 kg Wutz der Gattung Hausschwein, geliefert frei Schule am Vorabend der Verwertungsschulung. Ausreichend trockenes Feuerholz und ein eigens konstruierter Schwenkgrill standen bereit, der obligatorische Schnaps in angemessener Menge ebenfalls. Zu dieser Zeit lag der Preis für diesen ca. 25%igen Korn unter dem Preis des Bieres, ein wohl einzigartiger Zustand und damit extrem schlecht für unsere Leberwerte!

Das Unglück kam am Morgen, die Wutz war spurlos samt Kiste verschwunden. Sofort wurde eine Delegation zum Bauernhof entsandt, und siehe da, kurze Zeit später war die Wutz wieder bei uns. Was war passiert? Der Kauf wurde ursprünglich mit dem Sohn des Bauern, wohl ohne dessen Wissen und Zustimmung, abgeschlossen. Der Vater roch den Braten – obwohl der Grill noch kalt war – und machte das Geschäft rückgängig, alles ganz heimlich und im Dunkel der Nacht. Mit einem leichten Preisaufschlag wurde die Sache aber dann gütlich beigelegt.

Die »Erlegung« der armen Wutz ging dann wie folgt vor sich: Bevor wir es so richtig bemerkten, schnappte sich der Hausmeister der Schule – in Größe und Gewicht so ziemlich exakt 50 % meiner Person – eine schwere Fällaxt und haute der Wutz mit der Rückseite der Axt aufs Haupt, was bei selbiger zu keiner nennenswerten Reaktion führte, und so musste ich dann die »Erlegung« zu Ende führen.

Großes Entzücken rundum, da ich beim Aufbrechen zum Thema Gallenblase kam und selbige nach dem Abziehen von der Leber vorsichtig an der Seite deponierte; dies unter vielfältigem Gemurmel der Zuschauer – die gesamte Schule stand inzwischen um den Platz des Geschehens herum – wie »Vorsicht«, »nicht drauftreten« etc. Dazu muss erklärt werden, dass in diesem Land eine Gallenblase nicht einfach nur eine Gallenblase ist, sondern wertvoller Bestandteil der Medizin.

Zwischenzeitlich hatte sich dank Schnaps und Schweinebraten die Stimmung am Feuer um den Faktor 5 erhöht und es kam, was kommen musste. Einer latschte auf die noch »ungesicherte« Gallenblase und verteilte sie gleichmäßig auf die umstehenden Hosenbeine. Aber es wurde trotzdem eine wunderschöne Abschlussfeier des ersten Jungjägerkurses ... in Südkorea!

1988, Südkorea, Jungjägerkurs mit Nachsuchegespann (Rasse ist Schindo)